KB180745

고통이라는 따뜻한 감각

고통이라는 따뜻한 감각

ⓒ예슬 2017

초판 1쇄 발행일 2017년 4월 20일

지 은 이 예슬

출판책임 박성규
편집진행 현미나
편   집 유예림 · 남은재
디 자 인 조미경 · 김원중
표지사진 Pepe Reyes (출처 Unsplash)
마 케 팅 나다연 · 이광호
경영지원 김은주 · 박소희
제   작 송세언
관   리 구법모 · 엄철용

펴 낸 곳 도서출판 들녘
펴 낸 이 이정원
등록일자 1987년 12월 12일
등록번호 10-156
주   소 경기도 파주시 회동길 198
전   화 마케팅 031-955-7374 편집 031-955-7381
팩시밀리 031-955-7393
홈페이지 www.ddd21.co.kr

ISBN 979-11-5925-246-4 (03810)

이 도서의 국립중앙도서관 출판예정도서목록(CIP)은 서지정보유통지원시스템 홈페이지(http://seoji.nl.go.kr)와 국가자료공동목록시스템(http://www.nl.go.kr/kolisnet)에서 이용하실 수 있습니다.(CIP제어번호: CIP2017008806)

고통이라는 따뜻한 감각

몸의 신호에 마음을 멈추고

예슬

들녘

CONTENTS

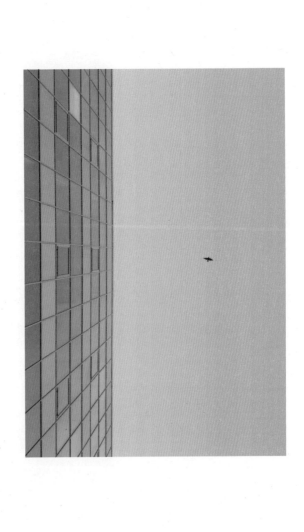

Prologue

서른, 한국에 살고 있는 비혼 여성이다.

인생 대부분의 시간을 자연 속에서 보냈고

내가 원하는 곳에서 원하는 일을 하며 살아왔다.

손아귀 힘이 아주 세고 무거운 물건을 홀랑홀랑 잘 든다.

가리는 음식 없이 뭐든 잘 먹고 가뿐히 소화시킨다.

잔병치레를 거의 하지 않고 매우 튼튼하며

겨울에도 반팔을 즐겨 입는다.

좋아하는 일을 하면 지칠 줄 모르고 호랑이 기운이 솟아난다.

나는 자유롭고 행복하다.

내가 생각하는 나는 '이런 사람'이다.

한 번도 의심해본 적이 없었다.

그런데 어느 날 내 안에서 덩어리 하나가 발견되었다.

오른쪽 난소에 생긴, 지름 약 20센티미터 크기의 종양.

이 글은 내가 전혀 원치 않았던, 너무나 피하고 싶었던 무언가를 내게

주어진 '선물'로 만나게 되는 과정. 그 속에서 내가 경험한 두려움과

불안, 일상의 발견들 그리고 뜻밖의 편안한 감정에 대한 기록이다.

평범하게 오늘을 버티는 당신,

서툴고 지친 당신과 함께 이 이야기를 나누고 싶다.

어느 날 나에게

-

대상 없는 원망이 가슴속을 둥둥둥 울렸다.

나는 끄억끄억 울었다.

◌

혹시, 임신한 거 아니야?

인생은 전혀 예상치 못한 질문 하나로
송두리째 흔들리기도 한다.

내 스물여섯의 겨울은, 그 질문이 머잖아 내 삶을
'파괴'하리라고 확신했던 계절이었다. 예상대로 그
질문은 내 이전의 삶을 파괴했지만, 그 폐허 위에
이전까진 상상할 수 없었던 '새로운 삶'이 싹텄다.

"예슬아, 아무리 배가 나와도 누우면 좀 들어가게
마련인데, 니 배는 뭔가 이상해. 살이 너무 딱딱해."
출장길에 동료들과 묵었던 한 해수욕장 주변의 펜션.
작년 겨울 무렵부터 변비가 있는 내 배를 마사지해주던
동료 이화가 아무래도 이상하다며 말을 건넸다.
"아, 배는 작년부터 계속 나왔잖아요. 만날 구박하면서
먹을 건 또 잔뜩 챙겨주는 사람이! 근데 요새는 별로
많이 먹지도 않고 추워서 맥주도 안 마시는데
왜 계속 배가 나오는 거야, 참 놔! 아무래도 변비
때문에 그런가 봐요. 스트레스성 변빈가?
근데 제 살이 원래 좀 딱딱해요. 팔이랑

다른 데도 만져봐, 딱딱하지."

"그래도 뱃살은 누우면 부드러워야 하는데

이상해. 뭔가 덩어리 같은 게 있는데…….

너 혹시, 임신한 거 아니야?"

"네? 이화가 나를 몰라요? 뭔 임신이야. 으하하하."

"그래도 혹시 모르잖아. 남자친구 없다고는 했지만,

다른 사람 사생활을 다 알 수도 없는 일이고."

"아유, 내가 그런 걸 이화한테 왜 숨겨요?

임신할 '껀덕지'가 있어야 임신을 하지!"

"그래도 이건 너무 이상해. 딱 임신한 배

같아. 너 서울 돌아가면 병원에 꼭 가봐."

"아, 괜찮다니까. 요즘 계속 시원하게 똥을

못 누니까 숙변이 쌓여서 그럴걸요?"

"아니야, 똥 쌓인 배랑 다르다니깐!

약속해, 병원에 꼭 가본다고!"

"에이, 알았어요. 가서 검사나 한번 받아보지, 뭐."

병을 너무 키워왔어요

며칠 뒤 서울에 돌아와 동료와의 약속을 기억하고
작은 종합병원에 갔는데, 하필이면 산부인과
휴진일이라 내과 진료를 받았다. 내 배를 만져본 내과
의사는 어이가 없다는 듯 고개를 갸우뚱거렸다.

"임신 가능성이 없으시다고요? 아니, 그래도 어떻게 이
정도가 될 때까지 모르셨어요? 정확히 뭔지 모르겠지만
상당히 큰 것 같은데……. 일단 초음파 검사부터 하죠."

난생처음 받아보는 초음파 검사가 낯설고
조금은 불안했지만, 사실 '크기가 커도 시간이
지나면 작아지겠지, 뭐 별일 있겠어?'라고
단순하게 생각했다. 검사 결과를 확인한
의사는 한층 높아진 톤으로 물었다.
"긴 부분은 거의 20센티미터네요. (책상 위에
새하얀 손가락 두 개를 짚으며) 이 정도 길이라고요!
아니 그동안 통증 같은 거 없으셨어요?"
"한동안 변비가 있었어요. 새벽에 여러 번 소변 보러
가고, 몸무게는 그대론데 배가 나오고…….
몇 가지 이상한 부분이 있었는데 물을 많이 마셨나?

맥주배가 나오나? 그러려니 했어요."
나는 뚱하게 대답했다.

내 몸 안에 피나 뼈, 근육이나 장기가 아닌 다른
무언가가 생겼다는 사실을 전혀 알지 못했다.
의사는 다급한 목소리로 외치듯이 단언했다.

"당장 큰 병원으로 가서 제거수술을 받으셔야 합니다."

대학병원에서 초음파 검사를 하며
산부인과 의사는 말했다.
"여기 이 어두운 부분 있죠? 이건 물이에요. 그냥
수술해서 떼내면 돼요. 근데 이 하얀 부분, 얘네가 나쁜
애들이란 말이죠. 이렇게 크기가 크니까 당연히 변비가
생기죠. 지금 이 덩어리가 장을 건드리고 누르잖아요.
병을 너무 키워왔어요. 바로 수술날짜 잡죠."

그다지 많은 생각이 들지 않았고 별로 심각하게
느껴지지도 않았다. '수술해서 떼어내면 되겠지.'
그때까지만 해도 종양의 크기와 위치, 구체적인 수술
내용과 수술 이후 상황에 대한 감이 전혀 없었고,
다만 회사에서 내가 맡은 일에 대한 걱정이 앞섰다.
진료 당일 엑스레이를 촬영하고 혈액과 소변 등 기본

검사를 했다. CT 촬영 날짜는 최대한 빠르게, 수술 날짜는 지방 출장 프로젝트 이후로 잡았다. 오히려 나보다, 진료실에 함께 들어갔던 이화의 목소리가 가라앉고 머릿속이 복잡해 보였다. 그러나 곧 기운을 차리고 늦은 점심을 먹으러 가자며 외쳤다.
"예슬아, 맛있는 거 먹으러 가자! 오늘은 내가 쏜다!"

중국 헤이룽장黑龍江 성이 고향인 이화의 소개로, 이따금 동료들끼리 군침 흘리며 찾아가던 중국식당에서 요리 3개를 시켜 싹싹 그릇을 비웠다. 밥을 먹는 내내 시답잖은 농담과 무거운 침묵이 반복되었다. 앞으로 상당히 오랫동안 그 식당, 아니 다른 식당에도 함께 갈 수 없을 거란 걸, 은연중에 우리 둘 다 알았던 걸까.

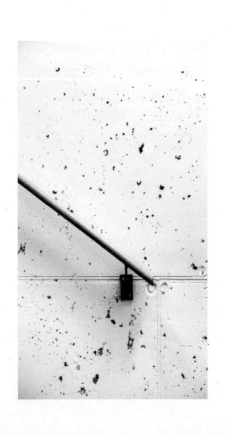

사는 게 중요하지, 처녀가 중요합니까

CT 촬영 날. 아무리 괜찮다고 해도 고향에서 엄마가 오셨고, 큰 통에 들어가 중간중간 몸 곳곳이 '임의로' 뜨거워지는 생소함을 느끼며 검사를 받았다. 이틀 뒤 나온 판독 결과. 종양표지자(CA125) 수치가 정상보다 높고 CT 촬영 결과도 부정적이라고, 난소암으로 추정된다고 했다. 이런 경우 양쪽 난소와 자궁 전체를 들어내는 것이 원칙이지만, 아직 나이가 어리고 결혼, 출산도 하지 않았으니 최대한 한쪽 난소는 살리려 노력하겠다. 하지만 어려울 가능성이 크다는, 간단명료한 정리. 수술을 시작하고 40분 정도 지나야 정확한 조직검사 결과가 나오지만, 현재까지의 정황으로 봐선 경계성 또는 악성종양으로 보인다고 했다. 그러고는 약 6시간의 수술과 중환자실 입원 가능성을 설명했다.

엄마의 떨리는 손이 보였다.

"선생님……. 혹시 유전적인 영향이 있을까요?
아직 결혼도 안 했고 나이도 어린데
이런 경우가 더러 있나요?"
"병에 무슨 동료가 필요합니까?

일단 따님이 병에 걸렸어요.
처녀나 임신이 뭐가 중요합니까, 사는 게 중요하지!"

1초의 망설임도 없이 건조하게 윽박지르는 의사를
보면서 '아, 누가 사는 게 중요한 걸 모르나!
지금 그런 말을 하는 게 아니잖아!' 머릿속에서
외쳤다. 이런 상황이 지겹다는 듯한 표정의 담당
의사는 질문에 제대로 답변해주지도 않고 매우
권위적으로 행동했다. 차트에 '어머니께 설명했음'
같은 문장을 거칠게 쓰면서. (전문용어도 아닌데
왜 이런 문장까지 영어로 쓰는 걸까?)

정보와 지식이, 의사 가운이, 자신이 앉은 자리가
무슨 큰 힘인 양 내리찍는 태도. 심지어 엄마의 질문을
끊듯이, 무례하게 대충 대답하는 의사한테 화가
났지만, 따질 기운도 없었고 따져봤자 누구한테도
좋을 게 없다는 생각이 들어 조용히 참았다.

자기 할 말을 다 마친 담당 의사는 거듭 "네~" 소리를
내면서 우리가 어서 나가기를 재촉했다. 우리는 한동안
일어서지 못하고 가만히 멈춰 있다가 진료실을 나왔다.

진료실 앞에 놓인 긴 의자에 아무 말 없이 앉아 있던

나와 엄마. 병원이 이렇게 고요한 곳이었나. 우리는
어떤 소리도 언어도 잊은 사람들처럼, 풍경에서 지워진
듯 앉아 있었다. 엄마는 무슨 생각을 하고 계셨을까.

잠시 후, 분당으로 같이 문상을 가기로 했던 회사
동료가 도착했다. 나중에 듣기론 얼굴이 벌게져서
엄마 상태를 살피느라 안절부절못하는 나를 보며
바로 알 수 있었단다. '검사 결과가 좋지 않구나.'
"예슬아, 다음 주 지방 출장 갈 수 있겠어?"
"아…… 가야죠."

눈이 굉장히 많이 온 날. 길도 미끄러운데
주무시고 가시라고 해도 다음 날 중요한 일이
있다며, 밤차로 먼 길을 돌아가시는 엄마를
지하철역까지 배웅했다. 무엇도 엄마 탓이 아닌데
자꾸 미안하다고 되뇌시는 엄마를 안아드렸다.
"엄마, 암이 아닐 가능성도 있고요. 혹시 암이라고
해도 엄마 잘못이 아니에요. 저는 괜찮아요."

그렇게 엄마를 배웅하고 딱 돌아선, 바로 그
순간. 눈물이 펑펑 나왔다. 눈길을 달리는 동료의
차 안에서 아주 많이 울었다. 이렇게 많이 운 게
언제였는지, 그런 적이 있긴 했는지 기억나지 않는다.

공교롭게도 난소암을 앓다가 돌아가신 동료
할머님의 장례식장에 가는 길. 라디오에선
카펜터스가 부르는 'sing'의 밝고 경쾌한 멜로디가
나왔고 나는 눈물과 콧물을 철철 흘리며 잠시
노래를 흥얼거렸다. 상큼한 멜로디가 내 흐느끼는
목소리 위에서 뒤틀렸다. 장례식장에서 사랑하는
가족을 잃은 동료를 꼬옥 안아주었는데 사실
그이보다 내가 눈물을 참느라 힘들었다.

22 어린 시절 암에 걸렸다던 친척들은 대부분 돌아가셨다.
요즘은 '암'이라는 단어를 주변에서 자주 듣고, 암에
걸리고도 오랜 시간 만날 수 있는 사람들이 많다.
그런데도 이 짧은 단어가 주는 긴 충격과 공포감
그리고 극단적인 압박은 그다지 퇴색하지 않는 것
같다. 암이라니. 내 인생에 'ㅇ'도 나타나지 않을 것
같았는데, 암이라니…… 그저 남의 얘기 같았다.

갈피를 잡을 수 없는 수많은 생각이 태풍같이
휘몰아쳤다. 그러다 태풍이 휩쓸고 간 뿌연
심해처럼 뒤엉킨 생각들이 바람결에 흩어졌다.
무엇보다 엄마의 무너진 표정이 자주 아른거렸다.
갖가지 생각과 걱정이 내 주변 공기를 아주 무겁게,

빽빽하게 채우고 짓누르며 나를 죄어왔다. 구체적인
대상이 없는 노여움과 원망의 응어리가 가슴
속을 둥둥둥 울렸다. 나는 끄억끄억 울었다.

눈 속에 파묻히듯 집에 돌아온 저녁, 오빠한테 검사
결과와 보험 관련 정보를 알려주고 입원 수속, 병실
결정 등 이런저런 잡무를 부탁했다. 입원하고 수술을
받고 내가 의식을 잃은 상황 속에서 부모님보다는
오빠가 더 꼼꼼하고 침착할 수 있을 것 같아서. 내가
아프다고 이 세상이 알아서 내 사정이나 편의를
봐주는 건 아니니까. 저절로 병원비를 내주고
월급을 가불해주고 일상을 챙겨주는 게 아니니까.

○

일단 집으로 온나

"원래 의사들은 최악의 상황을 얘기하잖아요. 너무
걱정하지 마세요. 저는 괜찮아요." 밤늦게 집에 잘
도착하셨는지, 마음은 어떠신지 걱정되어 엄마에게
전화했다. 그런데 뜻밖에 차분한 목소리가 들려왔다.
"모레 하기로 한 공연은 빠질 수 없겠제? 그럼
그 공연 마치고 간단하게 짐 챙겨서 집으로
내려온나. 엄마는 그런 의사한테 우리 딸을 맡길
수도 없고, 그렇게 수술을 받는 게 좋은 방법이
아닌 것 같다. 집에 와서 다시 얘기하자."
걱정과 달리 너무나 안정된 목소리, 마음이 놓인다.

다음 날 아침 일찍 엄마에게 전화가 왔다.
"오래전에 읽었던 대체의학 관련 책이 있는데, 아침에
일어나니까 그 책 쓰신 선생님 이름이 떠올랐어.
광주에서 병원 운영하시는 분이거든. 워낙 유명하고
바쁘셔서 통화하기 힘든 분인데 감사하게도 그분이랑
직접 통화가 됐어. 월요일에 병원 오라고 하시더라.
일단 선생님이 최근에 쓰신 책 좀 사서 읽어볼래? 너랑
비슷한 사례도 나와 있대. 집에 와서 하루 이틀 쉬다가
월요일에 엄마랑 같이 광주로 가자. 예슬아, 이번만큼은

엄마를 믿고 엄마 말을 따라줬으면 좋겠어."
"당연히 엄마를 믿죠, 알겠어요."

그때의 이 망설임 없는 답변은 3년 동안이나 거듭
고민하고 결심을 다잡는 과정을 거쳤지만, 그
순간에는 그저 지금껏 내 안에 채워져 있던 엄마에
대한 믿음과 확신이 우러나와 대답했던 것 같다.

감사하다, '엄마'라는 존재. 더군다나 (엄마도 속은
덜덜 떨리는 상태였을 것 같지만) 그 강인함과
침착함. 평소 서양의학이나 대형병원에 대해
이런저런 의심과 경계심이 많았는데도 정작 나한테
큰일이 닥치니 별생각 없이 의사 '선생님 말씀'대로
급하게 수술 날짜를 잡고 있었다. 병원 치료 후에는
자궁이나 난소의 일부, 혹은 전체를 상실한 채 평생을
호르몬제 같은 약물에 의존하며 환자로서 살아가야
한다. 이런 사실들에 대해 진지하게 생각해보지도
않고 되돌릴 수 없는 결정을 내릴 뻔했다. 물론
서양의학이 강한 분야가 있고 많은 사람의 고통을
덜어주는 역할도 한다. 하지만 몸 전체를 조화롭게
연결된 하나의 유기체로 보지 않고 부위별로 나눠서
따로 판단하고 바꾸거나 없애는 것, 몸이 가진
자생력과 치유과정을 병증으로 보고 무력화시키는

부분에 대해서는 나도 회의를 느끼고 있었다.

어머니 덕분에 호흡을 가다듬고 내가 진정 원하는
게 뭔지, 내 몸에 정말로 필요한 건 뭔지 생각할
여유가 생겼다. 더불어 내가 병원비 걱정이나
수술에 대한 두려움 때문에 이런 마음을 갖는 건
아닌지도 자문해보았다. 그런 걱정이나 두려움이
전혀 없는 건 아니지만 수술 전후 상황에 대해
고민한 결과, 가능한 한 수술 외에 다른 방법을
찾으려는 마음이 훨씬 더 크다는 걸 알 수 있었다.

하지만 수술 대신 다른 치료법을 선택했기 때문에
우연히 검사 사실을 알게 된 친척들에게는 거짓말을
할 수밖에 없었다. 병원에서 '심각하지 않다' 했다고,
'크기가 작아서 6개월 뒤에 검사만 다시 받으면
된다' 했다고. 사실대로 말하면 수술 권유 정도에
그치는 것이 아니라 큰 언쟁이나 싸움이 될 것을
알았기 때문이다. 왜 자신을 위해 가장 절실한 길을
가는 데도, 내가 나이기 위한 선택을 하는 데도
타인에게 변명하거나 허락을 구해야 하는 걸까.

그날 저녁, 엄마가 말씀하신 책을 사서 읽었다. 다양한
생활습관, 마음의 병이 몸의 병으로 드러나는 과정,

그리고 몸 안에 담긴 치유력과 개개인의 마음가짐에
기반을 둔 치료법이 주된 내용이었다. 씩씩하고
건강하다며 떵떵거리던 내가 예전에는 표지조차
지루해하던, 평소라면 거들떠보지도 않았을 건강
관련 서적을 읽게 되다니. 헛헛한 웃음이 나왔다.

이틀 뒤 1시간짜리 극장 공연을 하면서 이렇게
동료들과 노래하는 순간이 언제 또 올까 싶은 애잔한
생각이 들었다. 마지막일지도 모르는 공연을
하다 보니 여느 때와는 느낌이 달랐다. 무대에서
마주치는 동료들, 관객들의 눈빛 하나하나, 하모니
한 음 한 음이 가슴을 울컹거리게 했다.

지방출장은 나 대신 다른 동료가 할머니 장례식을
치르자마자 합류하기로 했다. 미안하고 신경
쓰였지만 어쩔 수 없다고 생각했다. 머릿속에
솟아나는 일에 대한 걱정들을 끊어내고 내
상황에 집중하려고 노력했다. 공연을 잘 마친
후 심란하게 밤을 지새우고 고향으로 갔다.

일단, 모든 생각을 접고 푹 잤다. 힘든 상황일수록
집이란 공간은 내 몸의 수면 능력을 최대치로
끌어올리는 걸까? 진단을 받은 뒤 처음으로 깊은

잠을 잤다. 다음 날 아침, 호기심과 기대를 품고
의사 선생님을 뵈러 갔다. 광주 외곽에 위치한
작은 의원. 규모는 크지 않지만, 안정적이고
깔끔한 분위기다. 대기실에 앉아 있으니
전라도, 경상도, 서울 말씨가 모두 들렸다.

선생님의 평온하고 예리한 눈빛. 많은 경우 병의
원인은 피의 오염에 있다고 강조하셨다. 피를
해독하고 맑은 피가 몸 구석구석 흐르게 하면
병의 근원이 사라진다고, 수술을 통해 아픈 곳만
치료할 것인지, 피의 해독을 통해 몸 전체를
개선할 것인지 선택할 수 있다고 하셨다.

'몸의 재생력'과 '마음의 치유력'을 강조하는
선생님도 수술 자체를 완전히 반대하는 건 아니라고,
일단 줄일 수 있는 데까지 줄여보고 이후에
수술 여부를 결정하자고 하셨다.
우선 초음파와 혈액검사, 중금속 오염도 확인을
위한 모발검사를 했다. 그리고 바로 다음 날부터
쑥뜸을 뜨고, 피를 맑게 하는 식이요법, 체온과
면역력을 높이는 온열요법, 난소종양과 자궁근종
치료에 도움이 되는 각종 운동을 시작했다.
몸은 마음과 직결돼 있고 특히 유방, 자궁 등 생식기

부위의 질병은 인간관계에 대한 스트레스와 깊이
연관된다고 덧붙이셨다.
지금껏 슬렁슬렁 마음 편하게 산다고
생각했는데 도대체 무슨 스트레스가
이런 병을 만들고 키웠단 말이지!

병에도 이유가 있다면

치료 방법을 결정하고도 순간순간 불안하고 초조한
마음이 들었다. 한편으론 거대하고 절망스러운
질문들이 끈질기게 머릿속을 파고들었다. 하고
많은 질병 중에서 왜 하필이면 '암'이란 말인가!
내가 생각하는 암은 술이나 담배를 입에 달고
사는 사람, 화나는 일, 억장 무너지는 일을 평생
참고 살아 가슴에 '한이 맺힌' 사람, 몸과 마음의
상처나 피로가 극에 달한 사람들의 병이었다.

그런데 내가 왜?
진단을 받고 몇 번이고 내 삶을 되돌아보았다.
암세포가 내 안에 자리 잡을 이유를 발견할 수
없었다. 누구도 내게 잔소리하거나 무엇을 강요하지
않았다. 스스로 선택했던 대안학교 3년은 지리산의
너른 품에서 마음껏 뒹굴며 지냈고, 고등학교에
다닐 땐 야자와 보충수업을 땡땡이치고 거창
강변에서 많은 시간을 보냈다. 십 대 시절의 나는
자연의 품에서 자유롭게 놀고 마음껏 방황했다.

대학에 입학하고 나서는 대형마트 캐셔, 전화 설문,

학원 강사, 녹취, 인터넷신문사, 행사 보조 등 가리지
않고 아르바이트를 뛰며 모은 돈으로 2년 7개월 동안
여행도 다녀왔다. 그리고 복학한 한 학기 동안 더
이상 의미를 찾을 수 없던 대학을 그만두고, 지인의
시골 빈집에서 여행기를 쓴다는 명목 아래 빈둥거리며
시간을 보냈다. 그러다가 한 사회적 기업에 들어가
공연자이자 교육 강사로 일하며 춤을 추고 노래했다.

지금껏 어떤 선택도 억지로 한 적이 없고 무엇이든
스스로 결정했으며 대체로 그 결정에 만족하면서
살아왔다. 나 자신이 아주 자유롭고 편안하고
행복하다고 확신해왔다. 짧다면 짧은 내 삶을
돌아보고 샅샅이 훑어봤지만, 암이 생길 만한
그 어떤 이유도 발견할 수 없었다. 그런데 도대체 왜!

나는 뭐든 맛있게 잘 먹고 어디서나 잘 자고,
이제껏 학교생활도 여행도 직장생활도 내가 선택한
대로 나름 즐겁고 성실하게 잘 해왔는데. 감기도
생리통도 체증도 몇 년에 한 번 있을까 말까 한 건강
체질에, 에너지 충만한 사람인데. 하고 싶은 일을
해야 할 일과 구분하면서 최대한 주변에 피해 덜
주려고 노력했는데. 도대체 내가 뭘 잘못했는데!

누구한테라도 따지는 듯한 원망과 화가 뒤엉킨
질문들이 고함처럼 내 안에서 터져 나왔다. 그러나
누구도 답해줄 사람이 없었고 길을 잃은 질문들은
차가운 하늘에 낡은 깃발처럼 나부꼈다.

종양이 아니라 내가 나를 잡아먹을 것 같아서,
삼켜버릴 것 같아서 두려울 때도 있었다. 그러나
고맙게도 언제나 그렇듯 시간은 흘렀고, 변함없이
시간이 흐른다는 이유 하나만으로 조금씩 마음이
진정되었다. 몸과 마음이 더욱 괴로워지지 않도록,
살기 위해 선택한 타협이었는지도 모른다.

33

'그래, 모든 것엔 이유가 있으니 이 병이 생긴
까닭도 있을 거야'라는 생각이 슬며시 들었다.
그래, 대체 도대체 그 이유란 게 뭘까!

그렇게 나는 내 고통의 원인, 모든 '악의 근원(좀
유치하지만 그 당시엔 정말 이 정도로 격하게
느껴졌다)', 증오의 대상을 찾기 위해 헤매는
시간을 겪었다. 그러면서 가까스로, 바깥이 아닌
내 안에서 신호를 보내고 있던 이런저런 병의
원인을 보게 됐다. 결국 다른 누구도, 무엇도
탓할 수 없음을 깨닫게 되면서 치솟아 오르던

분노와 억울함이 옅어지고 묽어졌다.

내 몸에 이런 병증이 나타난 이유가 무엇이었을까?
되짚어보니 너무나 많은 기억과 감정이 얽히고설켜서
어떨 땐 잠이나 자고 외면하고 싶었다. '에라이, 이유는
알아서 뭐해. 이미 몸이 이 꼴인데!' 하지만 마음이
풀려야 몸도 풀리고 종양이 줄어들 것을 본능적으로
알았다. 내 몸속의 '덩어리'는 뭔가 막히고 쌓여서 생긴
것이니 그 '무언가'가 뚫리고 풀려야 내가 살 것 같더라.

언제 어떻게 생겼는지 알 수 없지만 내 안에서 그
흔적이 거대한 감정의 갈퀴 자국, 혼란스런 몸과 마음의
상태, 그 모든 것이 녹아 뭉쳐진 이 덩어리의 실체가
알고 싶었다. 태어나서 마주한 무수한 질문 중 그 어떤
것보다도, 온정신이 움찔거릴 정도로 궁금했다. 손에
잡히는 건 아무것도 없었지만, 우선 스스로와 주변을
살피며 떠오르는 상념들을 천천히 더듬어보았다.
그러자 지금껏 나를 이끌어온 내 삶의 조건, 나의
생각과 상황들이 서서히 윤곽을 드러내기 시작했다.

1

\-

나는 '나'를 잘 알고 있다고 생각했다.

이 세상에 나보다 나를 더 잘 아는 사람이 있을까!
하지만 예기치 못한 종양의 등장, 그리고 그 종양과 함께한
지난 3년은 자신에 대한 확신이 오만과 착각이었음을 알아가는
시간이었다. 어색하고 낯선 몸을 새롭게 만난 시간.

내가

모르던, 낯선

몸

서툴게, 몸과 나눈 대화

나는 몸의 감각에 꽤 둔한 편이었다.
온 신경은 늘 바깥을 향해 있었고
몸은 언제나 뒷전이었다.

혼자 음악 들으며 걷는 길 위에서, 기타치며
다문다문 노래하는 순간.
행복하다. 충만하다.

아, 내가 몸만 건강했더라면…….
다시 쓸쓸하고 허망한 생각이 든다.
아마도 건강했다면 계속 일하고 있겠지. 도시에
머물면서 사람, 계획, 조건에 다시 집착했겠지.
그럼 또 수많은 생각들, 온갖 일에 신경 쓰고
스트레스를 받았겠지. 이 가슴 벅찬 만족감,
행복은 지금이라서, 이 순간의 나라서 느낄 수
있는 거구나. 그래서 이렇게 지금도 선명하게,
내게 와 닿고 스며드는구나 싶었다.
내가 처한 상황과 상태를 부정하고 외면하다가
조금씩 받아들이게 되면서 내 몸의 목소리가
더욱 가까이 들렸다.

"알아서 잘 사는 남들 신경 그만 쓰고 너부터 좀
챙겨. 너 자신부터 사랑하고 너부터 잘 살아. 어떤
상황에서도 너만의 시간을 만들고, 몸과 마음의
에너지를 충실히 채우면서 지냈으면 좋겠어."

'나는 괜찮다, 언제나 건강하다'며 방심했던 마음.
나보다, 내 몸보다 더 급하고 중요한 게 많다고
확신했던 착각. 일이 바쁘고 관계에 지칠 때 '나'는
항상 우선순위에서 밀려났다. 어떤 상황과 조건에도
늘 의연해야 한다는 생각과 그 이면에 깔린
모순적인 불만족, 뒤따라오는 조급함과 스트레스.

치료기간 중에도 충격과 부정적인 마음 한가운데
우겨다짐하듯 '이 병에도 뭔가 하나는 좋은 면이 있을
거야. 전환의 계기가 될 거야.' 스스로 애써 강요했다.
그런데 시간이 지나면서 몸이 건네는 이야기를 듣고
나서야, 이게 내가 원했던 바로 그 결과구나 싶더라.

뒤통수를 한 방, 제대로 맞은 것 같았다.

몸이 가르쳐주는 건 그런 거야

그해 나는 하고 싶은 것, 이루고 싶은 일들이 많았다.
하지만 몸은 모든 것을 멈추고 내려놓게 했다.
처음엔 인정할 수 없었다. 내 계획을 실행하고
내가 원하는 일을 그대로 하면서 몸도
나을 수 있을 거라고 고집을 부렸다.

진단을 받고 나서 3개월 정도 쉬고는 다시 직장에
복귀했다. 생활도 예전처럼 되돌아가는 것처럼 보였다.
그렇게 두 달이 지나자 자궁 쪽에서 통증이 느껴졌다.
몸은 내게, 지금은 오직 자신에게만 신경 쓰라고
경고하는 듯했다.

누군가는 피할 수 없는 조언을 하기도 했다.
"지금은 네 몸에 올인해. 충분히 전념해서 대화할
만한 상대야. 너를 바꿔서 안 되면 네 주변 환경을
바꿔야 해. 그래도 안 되면 네 세계가 바뀔 거야.
하나를 놓아야 다시 잡는 게 있지. 손을 펴야 움켜쥘
수 있는 거야. 몸이 가르쳐 주는 건 그런 거야."

명료한 통증으로 전달된 몸의 목소리가 섬뜩하고
두려워서 더 이상 직장생활을 부여잡을 수 없었다.
모든 계획과 일, 도시생활을 접고 고향의
시골집으로 왔다.

처음엔 내 몸속 종양이 내 것처럼 느껴지지도 않았고,
그저 배를 만질 때 손끝에 느껴지는 딱딱함이
비현실적으로 크고 두꺼운 벽처럼 느껴졌다. 매일매일
덩어리의 크기와 촉감의 변화를 확인하면서 기뻐하다가
당황하다가 들떴다가 걱정하길 반복했다.
배를 만지다가 맥박을 느끼곤 행여나 나도 모르는 사이
영화에서 봤던 '상상임신'이 된 건 아닌지 며칠 동안
정말 심각하게 말 못할 고민을 앓기도 했다.

하지만 어느 순간부터는 그렇게 덜덜 떨거나 조급해할
필요까진 없다는 걸 깨달았다. 피부에 난 부스럼처럼
종양의 크기, 물컹거리는 정도 역시 몸 상태나 주변
환경에 따라 변한다는 사실을 알게 된 것이다. 생각은
하루에 몇 천 킬로를 돌아다니고 기분은 극과 극으로
변하지만, 몸의 흐름과 변화에는 자연의 속도대로
시간이 걸린다는 단순하고 중요한 사실을 배웠다.

어떤 증상이 나타나면 몸에 무슨 일인지

가만히 묻는다. 때때로 타이르거나 달래보기도
하고 차분히 그 대답을 기다린다. 내 몸과
대화를 시작하자 몸에서 일어나는 크고 작은
변화들이 보이고 들리고 만져지기 시작했다.

체형이 변하다

생채식을 시작하고 한 달 만에 6킬로그램이 빠졌다.
단식 기간을 거치자 3킬로그램이 더 빠졌다. 의사
선생님이 "겁나지 않냐"고 물으셨다. 살 빠지는
게 겁낼 만한 일인가 의아했다. "아니요, 가볍고
좋은데요"라고 대답했는데, 나중에 알고 보니 암이
진행되고 전이되는 경우 급격히 살이 빠진다고 했다.

선생님이 물어보신 건 '악성종양'의 가능성, 그 증식에
대한 두려움이었다. 이처럼 나는 종양에 대한 가장
기본적인 정보조차 없이 막연하고 무심한 상태였다.
하지만 시간이 지나면서 그 어떤 정보나 지식보다 더
중요한 건 내 몸에 대한 믿음이란 사실을 깨달았다.
몸을 믿기 시작하자 몸무게도 안정적으로 유지되었다.

처음엔 종양이 생기기 전 내 몸 상태가 어땠는지 전혀

기억나지 않았는데 자연치료를 하며 2년 정도
시간이 흐른 후에는 지금의 몸 상태나 체형이 예전과
가까워지고 있는 것 같다. 배를 만지면
아주 물렁물렁하진 않아도 손가락이 들어가는
느낌이 꽤 부드럽고, 제법 오랜 시간 엎드려 있어도
예전처럼 배가 눌려서 힘들지 않다.

마사지를 하면서 의식적으로 '어서 나아라, 없어져라'
생각을 모으곤 했는데 언젠가 그냥 별생각 없이
누워 있다가 다채로운 움직임이 몸 안에서 진행되는
게 느껴지는 날도 있었다. 딱딱하던 고체 덩어리가
액체로 변해 흘러내리는 모습, 내장이 안마의자에
앉은 것처럼 저절로 떨리고 당겨지고 눌렸다가
이완되는 모습. 흥미진진하게, 몸의 치유시스템이
부위별로 좌르르 돌아가는 모습. 유기체 자체로서
몸의 활동이 눈앞에서 펼쳐지던 밤들.

예전엔 찜질을 하면 그냥 따뜻하다는 느낌뿐이었는데
요즘엔 (매일 그런 건 아니지만) 내장이 다양한
멜로디의 소리를 내거나 방귀가 나오거나 배 곳곳에서
뭔가 움직이고 풀려나가는 느낌이 들어서 짜릿하다.

체질이 변하다

나는 몸에 열이 많고 추위를 잘 타지 않았다.
겨울에도 반소매, 반바지를 입고 맨발로 뛰어다니곤
했다. 십 대 때는 속에서부터 열불이 끓어올라 어쩔
수 없이 그렇게 다녔다고 변명했다. 그렇다 해도,
기숙사 옥상에서 친구 말을 끊지 못해 찌릿찌릿
전기가 느껴질 때에야 방에 돌아가 저린 발을
동동거리던 밤들을 떠올리면 내가 좀 심했구나 싶다.

이렇게 발열체질이었던 나는 이십 대 중반부터
갑작스레 추위를 타기 시작했다. 장기간
생채식과 여러 치료법을 병행하고 있는 지금은
추위에 더욱 민감해졌고 늘 따뜻한 옷을 챙겨
다닌다. 한여름에 거리를 걸어 다녀도 땀이
거의 나지 않고 더위에는 좀 무뎌졌다.

또 모기에 물려도 오래 가렵지 않고 금방
가라앉는다. 이건 내 체질이 변해서라기보다 우리
동네 모기가 고기맛 나는 피를 좋아해서 내 살을
찔렀다가 실망하고는 금방 떠나기 때문일까?

피부가 변하다

생채식 7개월째, 고등학생 시절 턱에 여드름 몇 개 난
것 말고는 뾰루지 하나도 나지 않던 피부가 말 그대로
'뒤집어졌다'. 처음엔 한쪽 볼이, 다음 날엔 양쪽 볼이,
며칠 지나자 얼굴 전체가 울그락불그락. 또돌또돌
작은 여드름 같은 게 돋아났다. 곁에서 지켜보시던
엄마는 많이 안타까워하셨지만, 나는 곧 가라앉을
거라며 죽염수로 세수하고 천연 재료로 만든 연고를
발랐다. 며칠이 지나자 피부가 찬찬히 가라앉았다.
'표면갈이' 이후 피부 결이 더 부드럽고 매끈해졌고,
어릴 때부터 나와 함께 지내온 안면홍조도 옅어졌다.

또 두 달에 한 번씩 하는 단식기간 중에는 꼭 하루나
이틀 정도 온몸의 피부가 간지르르, 더웠다 추웠다
했다. 미세한 벌레가 기어 다니는 것처럼, 솜털이
쭉 뻗거나 맥없이 쓰러지는 것처럼 희한한 느낌이
드는 밤이 있다. 그 느낌 때문에 이불을 덮었다가
찼다가, 밖에 나갔다가 방에 들어왔다가, 몸을 긁기도
하고 주변을 서성이느라 잠을 이루지 못했다.

그럴 때도 내 몸, 피부에서 뭔가 알 수 없는
'좋은 작용', 명현 현상이 일어난다고
생각하면서 물끄러미 몸을 지켜본다.

습관이 변하다

여전히 식탐은 그득하지만 자취생 시절처럼 먹을 수
있을 때 몸에 재어놓을 듯 달려들어서 확 먹고, 귀찮을
땐 식사를 대충 때우거나 맘대로 건너뛰던 식습관은
거의 없어졌다. 예전에는 좀 급하게 먹는 편이었는데
식사 시간도 30분에서 1시간 정도로 여유로워졌다.

예전보다 내 몸의 움직임을 더 섬세하게 보고 느끼면서
세상을 한 번에 다 딛을 듯 펼쳐 걷던 팔자걸음이
적잖이 수그러들었다. 매일 스트레칭과 운동을 해서
그런지 구부정하던 어깨와 목이 펴졌고, 허리를
세우고 앉는 것이 전보다 훨씬 편하게 느껴진다.

47

두통이 변하다

나에겐 잊을 만하면 찾아오는, 간헐적인 편두통이
있다. 대체로 '딩' 하고 머리가 지끈거리는 정도지만
가끔씩 정말 아무것도 못 할 정도로 두통이
온몸을 쥐어짤 때도 있었다. 한숨 푸욱 자고
일어나면 괜찮아지는데 그렇게 잠들기까지가 너무
고통스럽다. 두통이 사라지고 나면 온 세상이
아름답게 보일 지경이지만, 일단 심한 두통이 있을

때의 세상은 울적하고 칙칙하고 괴로울 뿐이었다.

나는 두통이 생기는 이유가 그저 어딘가에 신경을
많이 쓰거나 피곤해서라고 생각했다. 당연히 그런
요인도 있겠지만 어느 날 두통이 너무 심해서 제일
아픈 자리에 뜸을 떴더니 두루마리 휴지 두 칸을
다 적실만큼 많은 양의 고름이 나왔다. 아마 머릿속
어딘가 들러붙어 있는 염증이 많았던 모양이다. 두
달 정도 매일매일, 양옆 이마에 뜸을 떴는데 자고
일어나면 베개에 노랗거나 붉거나 하얗거나 찐득하거나
점성이 약한 각양각색의 진물이 묻어 있었다.

또 언젠가 돌을 데워서 배를 찜질하다가 돌을
바닥에 놓고 뒷목으로 지그시 누르며 이리저리
고개를 돌리는데 어느 순간 "으!" 소리가
새어 나올 만큼 아픈 곳이 있었다. 그런데 참
신기하게도 뒷목의 특정한 부분을 누르니 평소에
편두통이 심하게 느껴지는 옆 이마가 깨질 듯이
아팠다. 뒷목을 누르는데 이마가 아프다니!

이후 난소와 자궁 자리뿐만 아니라 평소에 잘 뭉치던
뒷목과 어깨에 돌 찜질을 하면서 뒷목-관자놀이-
편두통 자리-내장(자궁, 난소)의 연관성을 몸으로

느끼게 되었다. 평소에 '몸은 유기체다. 모든 장기가
서로 영향을 주며 연결돼 있다'라고 막연하게
생각해왔는데, 뒷목의 어떤 지점을 누르자 머리가
아프거나 내장에 꾸룩꾸룩 소리가 나는 상황을
아주 실감 나게 경험했다. 그것이 경락이든 혈
자리든, 내 몸의 어떤 연결, '교차 지점'들을 매우
구체적으로 생생하게 체험하고 나니 자연스레
확신이 들었다. 아, 이렇게 좋아지겠구나. 몸이
전체적으로 더 건강해지겠구나. 한동안 그렇게
찜질을 하다 보니 관자놀이도 움푹 들어가서 두상,
인상도 조금 변했다(때에 따라 조금 들어갔다

나왔다 하는 것 같지만, 기본적으로 전보다는
많이 들어갔다). 붓기가 빠진 걸까? 관자놀이의
굴곡 변화, 단단함의 차이가 흥미롭다.

사랑을 먹다, 맛있게

나는 먹는 것을 아주 좋아한다. 뭐든 잘 먹고 소화도
잘돼서 체하는 일이 거의 없다. 실시간으로 활약
중인 내 식탐. 배가 고파 꾸물꾸물 올라오는 짜증을
느낄 때면 스스로가 좀 우습고 떼쟁이 아이 같다고
생각하지만, 별 고민이나 망설임 없이 내게 주어진
음식들을 만끽하기 바빴다. 어디선가 들은 바로는
위가 가득 차야 배가 부른 게 아니라 뇌에 일정량의
포도당만 공급되면 배고픔을 느끼지 않는다던데,
그런 관점에서 본다면 나는 뇌를 포도당 속에
흠뻑 적시고 나서야 비로소 포만감을 느꼈다.

양껏 먹고 배를 동동 두드리며 지내던 시간들.
그러다가 종양 진단을 받고 자연 치유법을
결정하면서 내 식생활에 대전환이 일어났다.
잡식에서 채식, 대식에서 소식 중심으로, 거기다
장기간의 생채식과 틈틈이 병행한 단식까지.

나의 식이요법은 처음 2주간의 생채식으로 시작되었다.
식재료를 익히지 않고 날것 그대로 먹는 식사법. 채소와
과일, 생곡식, 견과류 위주의 식단이었다. 이후 10일

단식, 1개월 채식, 3개월 생채식, 10일 단식, 4개월
생채식, 5일 단식, 1개월 생채식 그리고 한동안의
채식 위주 하루 두 끼 식사로 이어졌다. 2016년 한 해
동안은 두 달에 한 번씩 4~5일간 단식하고, 평소엔
점심을 든든히 먹고 아침, 저녁은 차와 과일, 또는
간식으로 간단히 먹었다. 덧붙여 허기지거나 '땡기는
게' 있으면 억지로 참진 않게 되었다. 그게 고기든
밀가루 음식이든. 뭐든 참으면 언젠가는 폭발하더라.

이 모든 과정을 거치면서 참 파란만장했다.
도시에서 직장생활과 생채식을 병행한 시기에는
중간에 며칠씩 스스로 정한 '유예기간'에 '얄궂은'
음식들을 잔뜩 몰아서 흡입할 때도 있었다. 그때의
그 환희란! (그리고 뒤따라오던 후회란⋯⋯.)

길게만 느껴졌던 식이요법 기간은 '먹는다'는
행위를 다시 돌아보는 시간이었다. 무엇을,
어떻게, 누구와 먹는지가 내 몸과 마음에 얼마나
큰 차이를 일으키는지 알게 되었다. '와, 세상엔
먹을거리가 무지 다양하네. 그리고 내 코가, 머리가,
혀가, 그 많은 걸 놀랍게도 다 기억하고 저장하고
있구나.' 입맛 다시며 인지한 시간이기도 했다.
또한 내 몸 곳곳에 두루 스며 있는 식욕과 식탐에
괴로워하다가 그것 역시 나의 일부임을 인정하고,
어느 정도 화해하면서 받아들이게 된 시간이었다.

"무언가 고프면 배도 고파. 게다가 돈이 없을 때 배가
더 고파. 돈이 많으면 먹고 싶은 것도 별로 없더라.
넌 식탐이 심한 게 아니야, 예슬아. 또 지금 한창
먹을 때고." 성언 언니한테 식탐 고민을 토로했더니
다정하게 돌아온 답변이었다. 공허함과 공복감,
경제적·정서적인 허기와 식욕, 식탐의 상관관계랄까.

이제껏 나는 무엇에 마음이 고팠는지, 또 어떨 때
마음이 불렀는지 생각해보았다. 때론 배고픔이
고통스럽게 느껴지기도 했다. 배고픈데 먹을 수
없는 상황, 지금 내 눈앞, 입안의 음식 말고 다른
음식이 간절하게 고픈 순간의 고통(실로 '고통'이란
단어를 쓸 만하다), 또는 삶의 그 어떤 순간에도
어김없이 찾아오는 배고픔에 대한 회의. 죽음에
대한 두려움이 몰아치는 순간, 내 곁에서 사랑하는
사람이 아픈 순간, 스스로가 참 허접하고 비참하게
느껴지는 순간에도 배가 고프다니! 이런 상황에서,
이런 기분에, 배가 고프다니! 내 허기가 밉고 싫었다.
'대체 왜 배가 고픈 걸까, 우리는 왜 배가 고플까. 이
와중에도!' 이런 외침을 마음속에 여러 번 흘려보낸
뒤에야, 바로 그 허기가 결국엔 나를 다시 일으키는,
삶에 대한 의지이자 동력임을 깨닫게 되었다.
배고픔은 자신을 격려하는 내 몸의 응원이었다.

생채식 5개월째, 라디오에서 중복 얘기를 들으며
엄마께 직장동료들과 함께 갔던 맛있는 한방 삼계탕집
얘기를 했다. 그러곤 밤에 삼계탕 먹는 꿈을 꿨다.
대부분의 꿈이 그렇듯 현실에선 전혀 섞일 일 없는 회사
동료들, 초등학교 동창들, 외국 친구들이 같은 식당에
한꺼번에 등장했다. 이런저런 이야기를 나누면서

밥이랑 반찬만 먹다가, 어쩌다 삼계탕을 아주 조금
먹게 됐는데 닭살의 퍽퍽한 감미로움을 즐길 새도 없이
격하게 후회했다. 거의 울다시피 소리쳤다. "이때까지
어떻게 참았는데! 어떻게 피했는데!" 지금까지 힘들게
식이요법 한 게 너무 아까워서 소란을 피웠던 것이다.
꿈에서 깨고는 한참을 '닭고기를 먹은 게 아니라서
다행이다, 다행이야' 기뻐했다. 몇 개월이 지난 지금
생각해보면 '뭘 그렇게까지 민감했을까' 싶지만
그 당시엔 아주 철저하게, 안 익힌 채소와 과일만
먹던 때라 꿈속에서도 꽤 심각했던 모양이다.

10개월 동안 천천히, 여유로운 염소처럼 어마어마한
양의 생채소를 먹었다. '당신이 먹는 것이 당신이다'라는
말에 의하면 이 시기의 나는 '초록'이 분명하다.
참으로 다채로운 풀을 먹었고 든든한 과일의 존재를
달콤하게 즐겼다. 나는 수박을 아주 좋아하는데 어느
더운 여름날엔 '제철 과일이라도 과식은 금물'이라는
의사 선생님의 경고를 잊은 척하고 코에서 붉은 수박
물이 나올 것처럼 수박을 많이 먹었다. 위가 팽팽한
물풍선처럼 느껴지고 너무 배가 불러서 마침내
먹기를 멈췄다. "와, 엄마! 수박도 질리네요"라는
말을 남기곤 30분쯤 산책을 다녀왔다. 완전히
질려서 한동안은 수박 생각 안 날 줄 알았는데

산책 후에 목마르다며 또 수박을 먹는 내가 나도
의외였다. 엄마는 "우리 딸, 진짜 '수박쟁이'구나"
하며 웃으셨다. 마음이 떠났다가 순식간에 다시
사랑에 빠진 수박은 또 새로운 맛이었다.
우리가 배부르고 마음 부르게 나눠 먹는, 넉넉하고
촉촉한 수박의 매력이라니! 수박 한 통이 며칠 동안
나의 일상을, 나의 세계를 경쾌하게 밝혀주는 것이 참
고마웠다. 시골에서 놀이하듯 줍거나 따 먹었던 자연의
선물들—살구, 앵두, 홍시, 무화과, 밤—도 '원래 이렇게
맛있었나' 하며 놀라고 감탄하면서 먹었다. 늘 내
곁에 있던 음식 하나하나에 대한 새삼스러운 고마움.
식이요법을 하지 않았다면 느끼지 못했을 것이다.

나도 모르는 사이, 입맛이 변했는지 편의점에 들어가도
과자나 간식을 먹고 있는 내가 잘 떠오르지 않고
고기도 별로 당기지 않는다. 아직 한여름 '치맥'에
대한 그리움을 버리진 못했지만 치킨을 생각하면
예전처럼 '맛있겠다'는 생각과 동시에 숨 막히는
닭장과 비린 냄새가 같이 떠오른다. 예전에도
그런 '현실'을 모르는 건 아니었지만 요즘은 더욱
생생해졌다. 글쎄, 다시 치맥을 '알현'한다면 비린
냄새 따위 전혀 못 느끼고 맛있게 먹으려나.

씹을수록 감칠맛이 나고 깊은 맛이 우러나오는
음식이 있는가 하면 빨리 먹어야 그 맛이 유지되는
음식이 있다는 사실도 알게 됐다. 가령 짜장면과
라면, 분식집 튀김을 꼭꼭 씹어 천천히 먹으면 맛이
뚜욱 떨어지고 속이 더부룩해졌다. 그래서 생각처럼
많이 먹지도 못하고 여유롭게 즐기지도 못했다. 반면
엄마가 해주신 집밥이나 천연 재료로 맛을 낸 건강한
음식은 꼭꼭, 여러 번 씹을수록 부드럽게 내 입과
마음을 마사지했다. 이 또한 예전에 모든 음식을
재빨리 퍼먹고 삼킬 땐 알아차리지 못했던 사실이다.

일을 쉬고 시골에서 생채식을 한 지 2개월 정도 지나자
먹을 수 없는 음식들에 대한 미련이 줄어들고 매
끼니가 정말로 감사하고 맛있었다. 매일 점심, 저녁마다
텃밭에서 갓 뜯어 온 다양한 종류의 뿌리·잎채소와
싱싱한 다시마, 견과류, 풍성한 제철 과일을 '엄마표
소스'와 함께 챙겨주시는 엄마의 정성 덕분에 내 '중딩'
식습관에 변화가 일어난 것이다. 3개월간 도시에서
나름 생채식을 했지만, 메뉴라곤 마트에서 산 저농약
채소 몇 가지를 대충 찢어 넣고 비교적 첨가물이
덜 들어간 드레싱을 뿌린 샐러드나 찐 고구마가
전부였다. 무늬만 생채식이지 실제로는 급하게 만드는
'패스트푸드'였던 것이다. 입은 채소를 먹고 있지만,

눈은 동료들의 화려한 반찬을 향했던 처량한 점심시간.

요즘은 엄마 손맛과 사랑이 담긴 음식을 허리 펴고
앉아 천천히 먹으니 소화도 더 잘된다. 때론 음식이
몸으로 들어가서 '으쌰으쌰' 구석구석 돌아다니는 모습,
세포들이 영양분을 만들어내고 소화가 되는 과정을
상상해본다. 무엇을 먹느냐, 어떻게 먹느냐, 그리고
어떤 마음으로 먹느냐가 하루하루 참 중요한 것 같다.

우리가 음식을 먹는 것 같지만, 사실은 음식 안에
담긴 정성과 생명력을 먹는 게 아닐까? 자연의
은혜, 농부의 손길, 요리하는 사람의 마음, 시장
아주머니의 친절한 미소, 유통업체 기사님의
안전운전, 행복하게 음식에 빠져드는 설렘,
때론 함께 밥을 먹는 당신의 눈빛까지⋯⋯.

나는 오늘도 사랑을 먹는다, 맛있게!

알몸을 마주하다

나는 거울을 잘 보지 않는다. 거울 속의 나를
마주하는 것이 뭔가 마땅찮고 민망하기 때문이다.
비슷한 이유로 나는 내 몸을 들여다본 적이 거의
없다. 때를 밀거나 몸의 특정 부위를 사용해야 할
때, 또는 어딘가 다쳤을 때만 잠깐씩 몸을 살피곤
했다. 가려움이나 통증을 어지간히 무시한 후에야
필요에 의해서만 몸을 돌아봤다. 내 몸인데도
남의 몸처럼 대했고 그만큼 부끄럽고 낯설었다.

몸에 참 미안하지만 진단을 받고 태어나서 처음으로
난소가 어디쯤 있고 어떻게 생겼는지 알게 됐다.
배구공만큼 큰 덩어리가 생기기 전에 내 배는 어떤
모양이었지? 누르면 부드러웠나? 느낌이 어땠지?
우습게도 전혀 기억이 나지 않았다.
스스로가 너무하다 싶은 생각이 들었다. 몸은
내게 좀 봐달라고, 애정을 담아 쓰다듬어달라고
신호를 보내고 있었던 걸까?

돌이켜보면 몸에 별로 신경을 쓰진 않으면서 그냥
귀찮고 시원하다는 이유로 맨살을 좋아하는

나였다. 20대 초반까지 겨울에도 반팔, 반바지를 즐겨 입었고 자연과 가까이 지내던 중·고등학교 시절에는 숲길과 들판, 강변을 맨발로 돌아다닐 때가 많았다. 사회생활을 시작하고도 꼭 필요한 때를 제외하곤 화장을 하지 않았고 심지어 스킨, 로션을 바르는 데도 게을렀다.

겨울에는 손등이 거북이 등껍질처럼 트고 갈라져서 피가 나오기도 했고, 20대 중반부터는 갑자기 추위를 많이 타면서 '무릎에 바람 든' 느낌을 생생하게 경험했다. 그러고는 그 원인 제공자가 나 자신이라는 사실을 잊은 채 '20대에 시린 무릎이라니······' 하며 우울해하기도 했다.

내 몸은 나의 이런 행동들을 좋아했을까? 분명 '너 지금 뭐하는 짓이야!' 고함을 꽥꽥 지르던 순간이 많았을 것이다. 그러든지 말든지 나는 마음 가는 대로, 내키는 대로 몸을 뒹굴리고 부려 먹었다.

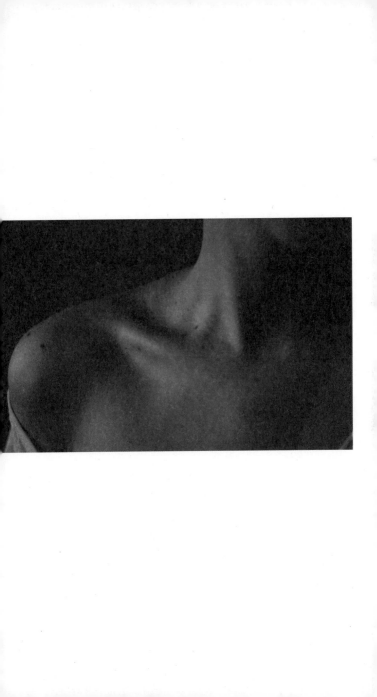

스물일곱, 거울에 비친 내 몸을 바라보며
지난 세월을 투명하게 느낀다. 짜리몽땅한
몸 곳곳이 상처투성이다. 괜찮게 느껴지는
곳보다 마음에 들지 않는 곳이 훨씬 많다.

외모란 뭘까? 나는 왜 내가 '어떻게 보이는지' 자꾸
신경 쓸까? 미디어가 반복해서 보여주는 외모를
보면 '도대체 뭘 먹고 사는 걸까? 뭘 먹긴 먹는
걸까?' 의문이 들었다. 지하철에서 (안목이 전혀
없는 나도) 움찔 놀랄 만큼 비슷한 모양으로 숨 쉬고
있는 코들을 보면 왠지 난처하게 느껴졌다.
그러면서도 결국 나 역시 다른 사람들 눈에 어떻게
보이는지 예민하게 신경 쓰고 있었다. 아니, 다른
사람들까지 갈 것도 없이 이미 스스로 내 몸을
판단, 재단하고 있었다는 걸 힘겹게 인정해야겠다.
내 상태에 무심하면서 단지 스스로와 타인에게 예쁘고
멋있게 '보이고' 싶어 하던 익숙한 욕망.
내 마음의 그릇인 몸을 있는 그대로 인정하고 긍정하지
않으면, 몸은 평가 대상의 '물건' 또는 '상품'처럼
나 자신과 분리되어버린다.
나조차 머쓱하게 바라봤던 고독한 나의 몸.

한참 동안 내 몸을 바라본다. '적어도, 최소한

나라도 내 몸을 좀 따스하게, 그냥 있는 대로
바라봐줄걸······.' 조금은 쑥스럽지만, 내
인생을 잘 살아준 몸에 고마움을 표현하고
지금까지 함부로 대했던 걸 사과하고 싶다.

지난 10개월 동안 자주 옷을 벗고 알몸을 마주했다.
4개월 동안은 나체요법(풍욕)을 하면서 하루에
최소 30분 이상 발가벗은 나를 만났다. 손가락과
손바닥 그리고 손끝의 기운으로 몸을 주무르고
비비고 두드리고 흔들고 누르고 당기고 어루만졌다.
괴상한 소리를 내보기도 하고 알몸으로 뛰고 구르고
춤을 췄다. 그러다 보니 열네 살 여름, 어느 축제에서
참여했던 '누드 워크숍'이 떠올랐다. 당시 나는
자원활동가로서 행사장 안내, 티켓 확인 등의 일을
했는데, 다양한 공연 중에 어느 일본 여성예술가의
누드 퍼포먼스가 특히 인상적이었다. 무대가 아닌
흙바닥과 풀숲을 거닐며 특별한 동선이나 동작 없이,
자연과 하나 되어 숨 쉬고 교감하는 그의 공연을
보면서 마음이 평온해졌다. 더하거나 뺄 게 없는
'날것' 그대로의 아름다움이 가슴 가득 차올랐다.

그런데 그날 저녁에 행사 일정을 확인해보니 다음 날

새벽, 그 예술가와 함께 하는 '누드 워크숍'이 예정된
게 아닌가! '보는 건 좋았는데 내가 벗는 건 좀……'
잠시 망설였지만, 언제 이런 경험을 또 해보겠나
하는 생각이 들어 참가 신청을 했다. 아직 주변이
어스름한 새벽녘, 십여 명의 사람들이 야외무대에
모여서 각자의 시간을 보내다가 동이 틀 무렵 한데
모였다. 특별한 설명이나 안내가 없었고 별다른
말도 필요 없었다. 각자 자유롭게 '알몸의 시간'을
보내고 마지막에 짧게 소감을 나눈 것이 다였다.
자연 속에서 각자 자기만의 속도대로 움직이거나
혹은 움직이지 않은 채 온몸으로 숨을 쉬었다.

맨땅에 맨몸으로 드러누운 채, 온몸의 숨구멍으로
느끼는 생생한 공기를 상쾌하게 흡수했다. 아니,
공기가 몸의 안과 밖을 들락날락 오갔다. 오롯이
공기의 들락거림에 집중하게 되자 내 몸과 바깥의
경계가 흐트러지고 흐릿해진 듯했다. 그 순간이
어찌나 그윽하고 충만하게 느껴지던지……. '우리가
어쩌다가 옷이란 걸 입게 되었을까' 의아해질 만큼
새로운 경험이었다. 그렇게 20~30분쯤 흘렀을까?
한여름이라도 깊은 산속이라 으슬으슬한 새벽
기온이 피부를 건드리기 시작했다. 황토 무대 위에
둥글게 모인 우리는 어깨동무를 하고 서로의

체온을 나눴다. 체온이 따뜻한 줄은 알았지만,
알몸의 우리가 서로를 보듬은 그 순간은 놀라울
만큼 포근하고 보드라웠다. 온기 이상의 무엇.
짧지만 강렬했던 해방감 그리고 맨살의 친밀감.

한편 실험예술제에서 자원활동을 하다가 다른 작가의
누드 공연을 봤는데, 원인을 알 수 없는 불쾌함과
거부감을 느꼈다. (공연에 대한 단순한 호불호와는
별개로) 어째서 한 공연은 아주 아름답게 느껴진 반면,
다른 공연은 불편하고 추하게 느껴졌을까. 이 의문은
몇 해 동안 내 머릿속 어딘가에 자리 잡고 있었다.

그런데 지나간 기억을 떠올리면서 내 생각이 몇 년
전과는 많이 달라졌음을 알아차렸다. 명쾌하게 설명할
순 없지만 분명히 존재한다고 생각했던 누드 퍼포먼스
그리고 몸에 대한 '아름다움'과 '추함'의 구분은, 나의
선입견에 따른 규정에 불과했다. 어디에서든, 누구의
몸이든, 어떤 몸이든, 몸은 그냥 거기 있을 뿐인데
내가 이러쿵저러쿵 평가를 만들어냈던 것이다.

내 몸에 대해서도 마찬가지. 아! 답도 기준도
없는 '아름다움'과 '추함'에 대해, 특히나 자연의
일부인 우리 몸에 대해 이다지도 부자연스러운

편견의 잣대를 들이대고 있었다니…….

나는 28년 지기 내 몸을 있는 그대로 바라보는
연습 중이다. '식이요법으로 살이 빠지니 좀 괜찮아
보이는데?' 나도 모르게 불쑥 이런 생각이 들다가도
'그게 중요한 게 아니잖아. 잘 살아 있어줘서 고맙다!
몸과 마음 즐겁게 건강히 살자'라고 되새기곤 한다.

내 볼록한 배를 보고 지하철에서 자리를 비켜주신
아주머니와 과자 한 봉지, 귤 한 망을 사자 "그래,
많이 먹어야지." 고갤 끄덕이시던 매점 할머니 앞에선
어쩔 수 없이 내 서글픈 표정이 잠시 드러났을 거다.
그래도 앞으로 한동안은 내 몸이 외롭게 감내해온
이 '막행막식'의 흔적을 그대로 바라보려 한다.

치료기간 동안 내 '알몸'을 만나는 기쁨과 재미를
알게 된 것은 뜻밖의 큰 수확이다. 알몸으로
있으면 피부의 호흡작용, 정화작용, 배출작용 등이
활발해져 건강에도 좋다고 하니 일석오조쯤은
된다. 나는 앞으로도 가능한 한 자주 내 '알몸'을
만날 것이고 사랑을 담아 어루만질 것이다.

구석구석 찬찬히, 당신의 알몸을 본 적이 있는지?

어쩌면 당신의 몸은 애타게 당신과의 만남을 기다리고
있는지도 모른다. 바쁜 일상 속에서 가끔이라도
꾸밈없는 내 몸을 만나 인사를 건네보면 어떨까.

내가 꾸는 악몽

나는 전날 밤에 꾼 꿈을 비교적 자주, 상세하게
기억하는 편이다. 대체로 어이없고 맥락 없는 꿈이다.
하지만 내가 좋아하는 사람이 등장한 꿈, 기묘한 꿈,
야릇한 꿈, 무서운 꿈 등은 유독 선명하게 새겨진다.

치료기간 중 충분히 잠을 자면서도 다양한 꿈을
꿨다. 이십여 년간 누적된 수면욕과 더불어 식욕,
성욕이 꿈속에서 터져 나왔다. 떠올리기조차
두려운 폭력적이고 잔혹한 꿈들도 있었다. 실제로
일어난 일은 아니었지만, 마치 몸에 각인된 것처럼
생생해 기억에서조차 떨쳐버리고 싶었다.

그런데도 끈질기게 남아 있는 두 가지 꿈 패턴이
있는데, 하나는 친한 친구와 함께 누군가에게 쫓기거나
사고, 폭행을 당하는 상황이었다. 괜히 꿈에 나온
친구에게 미안하기도 하고 혼자보다 누군가와 같이
겪는 사고가 더 고통스러울 수 있다는 생각이 들었다.
이중 삼중으로 힘들었다. 이성적으로 생각해보면
꿈처럼 위험한 사건이 일어날 가능성은 그다지
크지 않다. 행여나 그런 상황이 일어나도 내가 할

수 있는 일은 별로, 어쩌면 아무것도 없다. 그런데도
친구를 보호하고 책임져야 한다는 부담감, 압박감이
나를 조여 매고 있었다. 게다가 꿈에서조차 현실의
나처럼 두려움을 내색하지 않기 위해 너스레를 떨고
부자연스럽게 행동했다. 꿈꾸는 내내 아등바등하다가
깨어나면 명치 쪽이 뻑뻑하고 욱신거렸다. 스스로
얹고 옭아맨 중압감, 무엇도 책임질 수 없는, 되도
않는 '책임감'의 무게와 부피가 상당했다.

치료 이후에 새롭게 나타난 패턴은 '병원'에 대한
거다. 두 번이나 수술날짜를 잡았다가 취소했던
병원이 내게 손해배상청구 소송을 건다든지, 병원에서
준 약을 먹거나 주사를 맞고 몸이 내 의지와는
전혀 상관없이 가위눌린 듯 굳어가는 꿈도 꿨다.
'이건 내가 아니야! 이게 전부 약 때문이야!' 외치고
싶었지만 목소리가 나오지 않았고 내가 좋아했던
사람들, 나를 아껴주던 이들 모두가 경멸의 눈빛을
던지며 나를 떠나갔다. 그런 꿈을 꾸는 밤엔 극심한
외로움과 허무함에 몸서리치다 깨곤 했다.

끔찍하고 가혹하게 몸과 마음의 통증을 느꼈던
꿈들은 지독한 악몽인 동시에 나의 심리를 반영한
결과물이었다. 관계에 대한 집착과 의존성,

내가 사람들을 보호해야 한다는 책임감이
고스란히 드러났다. 또한 겉으론 태연한 척하는
내가 사실은 질병, 병원, 약물, 수술, 내 몸을
통제할 수 없는 상황에 대한 두려움에 끊임없이
짓눌리고 있었다는 사실도 알게 됐다.

꿈은 너무나 무거웠지만 역설적으로 꿈에서 깬
나는 조금 후련하고 가벼워진 듯했다. 악몽을 꾸는
동안 내지른 비명, 땀과 눈물이 일종의 정화작용을
했는지도 모른다. 그래서 최근 내가 꾼 악몽들은,
내 몸이 내 안의 어둠과 무거움을 털어내기 위해
만들어낸 '치유의 꿈'이었다는 생각이 어렴풋이 든다.

다시는 깨어나지 못할 거야

1차 치료기간이 끝나고, 몇 개월 전에 약속했던
축제 공연을 위해 태국에 다녀왔다. 몸을 위해서도
한국의 매콤한 겨울보다 태국의 온기 속에서
푸짐하게 과일을 먹으며 지내면 좋겠다고 생각했다.
태국에는 예전에 1년 정도 살면서 사귄 친구들이
여럿 있는데 축제가 끝나고 며칠 동안 현지 친구들
집에서 지내며 흥분과 피로를 다독였다.

그러던 어느 날 친구 카페에서 차를 마시다가, 갑자기
몸 전체에 스멀스멀 털 많은 벌레가 기어 다니는 듯
이상한 느낌이 들었다. 처음엔 기분이 이상한 건가?
생각했는데 점점 숨쉬기가 힘들어졌고 몸 곳곳이
굳어갔다. 숨통이 조여오고 즐거운 티타임이
끝을 알 수 없는 수렁에 빠져들기 시작했다.

입이 마비되기 전 뭐든 조치를 취해야 할 것
같아서 급히 영어를 잘하는 맥스 앞에 가서
무턱대고 말을 하기 시작했다. "지금 당장 병원에
가야 할 것 같아" 다급하게 얘기를 꺼낸 뒤,
몇 개월 전 받은 종양 진단과 식이요법에 대해

이야기하고 특히 어제 매 끼니 먹은 밀가루 음식과
오늘 아침 먹은 팬케이크에 대해 강조했다.

맥스는 일단 호흡을 가다듬고 자리에 누우라고
했지만 누우면, 숨이 멎을 것 같았다. 말하는
동안에도 얼굴과 입이 마비 증상을 보였다. 깨어
있어야 한다고, 서서 움직여야겠다고, 불안에 떨면서
이리저리 돌아다녔다. 내가 어떻게 손쓸 수 없는
무지막지한 공포와 죽음에 대한 두려움이 몰려왔다.

"점점 말을 제대로 하기 어려울 것 같아. 갑자기
쓰러질지도 모르니 미리 알려줄게요." 뿌옇게
흩어져가는 기억을 더듬거리며 여권번호와 한국에 있는
오빠의 전화번호를 적어줬다. 내가 기절해서 떨어질까
봐 오토바이 앞뒤에 친구들이 앉고, 나는 머리 쪽으로
압력이 올라오지 않도록 양손으로 목을 부여잡은
채 가운데 앉았다. 병원으로 이동하는 오토바이
위에서 쉼 없이 기도했다. 하느님, 부처님, 알라신,
성모마리아님……. 그러나 급박하게 숨통이 막히는
느낌은 아주 잠시 옅어지다가 다시 돌아오곤 했다.

살고 죽는 건 자연스러운 일이고 내가 여기서 이렇게
죽을 수도 있지만, 아직은 살고 싶었다.

미칠 듯이 살고 싶었다. 삶에 대한 미련이 칼날처럼 선명했다. 그 서슬 퍼런 칼날을 강렬하게 느끼며 응급실에 도착했다. 오른쪽 하체에서부터 뭔가 막혀 올라온다고, 숨도 제대로 쉴 수 없다고 급하게 설명하는데 간호사들이 배에 청진기를 대보고 목 안을 들여다보곤 말했다. "아무것도 없어요."

나는 갑자기 의식을 잃을까 봐 떠오르는 대로 내 상황과 상태를 반복해서 말했고 사람들이 내 말을 믿지 않는 것 같아서 의사 선생님을 불러달라며 불안해했다. 목에 아무것도 없다며, 다시 누워서 확인하자는 간호사들. 내 입을 벌려 고정하고 목구멍 구석구석을 살폈다. 그러는 동안에도 오른쪽에서 뭔가 막혀 올라오는 느낌은 지속되었고, 내 오른팔과 다리는 구형 믹서처럼 덜덜덜 떨렸다. 심장 박동은 비정상적으로 크고 불규칙적이었으며 속도도 평소의 두 배 이상 빨랐다.

엑스레이를 찍자는 병원 사람들 말에 답답함과 불안이 극에 달했다. "그런 거나 찍고 있을 시간 없어요, 지금 당장이 급하다고!!" 견디다 못한 나는 시골 마을의 할아버지나 할머니를 불러달라고 했다. 그런 분이 등을 탁 치거나 간단한 민간요법을 조치하면

나을지도 모른다는 생각이 들었기 때문이다. 말은
통하지 않고 다급함, 공포감에 목소리만 커졌다.

옆에 있던 태국 친구 뚜는 안타까운 표정으로 내 말을
통역했다. 맨발로 이리저리 몸을 움직이고 불안에 떨며
끊임없이 중얼거리던 외국인, 나. 흥미로운 구경거리에
사람들이 몰려들었다. 내 복잡한 심경에 약간의
수치심이 더해졌지만, 죽음이 눈앞에 아른거리는
상황에선 수치심 따위에 신경 쓸 겨를이 없었다.

맥스의 연락을 받고 병원에 도착한 친구 에이미와
함께 잠시 병원 밖으로 나가 그늘에 서 있으니 좀
안정되는 것 같았다. "병원 안에 못 있겠어. 아무도
내 말을 믿지 않고 그들의 치료가 나한테 도움이
될 것 같지도 않아. 차라리 햇볕을 쬐며 한동안
여기 서 있는 게 낫겠어. 계속 이야기를 하면서 깨어
있어야 할 것 같아. 내 옆에서 이야기 좀 들어줄
수 있어? 몇 시간이 될지 모르겠지만" 에이미는
근심 가득한 얼굴로 묵직하게 고개를 끄덕였다.

"나는 괜찮을 거야, 괜찮을 거야. 하지만 혹시나, 만약에
내게 무슨 일이 생기면 내 가족들한테 내가 그들을
사랑한다고 좀 전해줘.……그리고 알고 있지? 내가

에이미 너를, 이곳의 친구들을 아주 많이 좋아한다는
사실." 에이미는 눈물을 흘리며 나를 바라봤고 내
눈에서도 눈물이 주르륵 주르르 흘러나왔다.

얼마 동안일까, 그렇게 이런저런 얘기들이
흘러나오는 대로 풀어놓고 있는데 아침에
팬케이크를 요리했던 미짱이 도착했다.
"예슬, 괜찮아?!!"
"여전히 숨 막히지만 아까보단 좀 편해졌어."
"혹시 아침에 먹었던 팬케이크 기억해?"
"응, 몸도 안 좋은데 밀가루 음식을 너무 많이
먹어서 몸에 거부반응이 일어났나 봐."
"내가 하나만 먹으라고 말했던 거 기억해?"
"응, 밀가루 음식이라 조심하란 말이었지?
그래서 하나만 먹었어."
"두 접시에 있던 케이크 색깔이 달랐잖아. 그 둘 중에
하나는 우리가 아사 케이크라고 부르는 건데."

"아!"
한동안의 정적을 깨고 짧게 소리쳤다. 일본어
'아사'는 아침을 뜻하지만 동시에 '대마초'라는
뜻으로도 사용된다는, 몇 해 전 들은 이야기가
흐릿하게 떠올랐다. 잠시 말을 잃고 멍하니 서

있었다. 낯선 몸의 반응이 신체 내부에서 발생한
응급상황이 아니라 일종의 '약물작용'이었구나.
몸은 여전히 경련을 일으키고 있었지만 침착한 미짱의
목소리를 들으면서 서서히 마음이 가라앉았다. 병원
한쪽에 벗어뒀던 슬리퍼를 신고 조용히 미짱의
오토바이 뒤에 올라앉았다.
"일단 집으로 돌아가자."

'대마초'라는 식물의 특성을 통해 병과 죽음에
대한 두려움과 공포가 몸의 극단적인 증상으로
드러난 것이리라. 대마는 정신적인 환각 증세만
불러일으키는 줄 알았는데 실제로 경련과 마비,
숨통이 막히는 육체적인 경험을 하고 나니 아찔했다.
'아까 눈을 감았으면 정말 다시는 깨어나지 못했을 수도
있었겠구나.' 죽음의 순간을 넘긴 것이 너무나 감사했다.

친구 집 정원, 대나무로 지은 원두막에 얇은 이불을
덮고 누워 있으니 시간과 공간, 시각과 청각, 기억의
흐름이 느리게 둥글고 묽게 퍼져나갔다. 아침부터
지금까지 일어난 일을 찬찬히 곱씹어봤다. 처음엔 '이
좁은 동네에 소문 다 난 거 아냐?' 민망하고 미안한
마음이 들어서 싱숭생숭했지만 친구들의 얼굴과

그들의 됨됨이를 생각하면서 차차 잔잔해졌다.

온몸에 힘을 빼고 대자로 누워 있으니 오른쪽
아랫배에서 알 수 없는 무언가가 수증기처럼 올라왔고,
나는 몸 안에 쌓여 있던 병든 기운을 내보낸다는
느낌으로 깊게 숨을 쉬었다. 아침에 정신없을 때는 왜
몸의 오른쪽 부분만 막혀 올라오는지 궁금할 새도
없었는데 기억을 더듬어보니 오른쪽 난소에 종양
진단을 받았었다. 아, 오묘하고 신기하다. 머리, 자궁,
식도, 팔, 다리, 허리. 생생한 기운의 흐름이 느껴졌다.
탁한 기운이 쫙 빠져나가는 것 같았고, 의도적으로
그렇게 상상했다. 때때로 온몸이 뜨거워졌다.

대마초는 지구촌 곳곳에서 다양한 용도로 사용되고
있다고 한다. 그러나 오·남용으로 인한 사고, 중독성
등을 이유로 피우거나 먹는 행위를 법으로 금지하는
곳도 많다. 우연히 대마가 들어간 음식을 먹었던
태국 역시 대마초 흡연이나 거래가 불법이기도
하고, 꼭 법을 생각하지 않더라도 내가 별로 즐기는
영역이 아니라서, 모닝 케이크가 대마 케이크인 줄
미리 알았더라면 먹지 않았을 거다. 그랬으면 이런
소동도 일어나지 않았겠지. 몰랐기 때문에 먹었고
그래서 잊을 수 없는 경험을 했다. 나는 이제 그
죽음의 경험을 치유의 경험으로 기억하려 한다.

감사하게도 그날 나는, 다시 '깨어났다'.

◌

죽음이 환기하는 삶

우리는 지금 당장 죽을 수(도) 있다.

여기에 타당한 반론을 제기할 수 있는 사람은
없을 것이다. 이 글을 쓰고 있는 노트북이 갑자기
폭발할 수도 있고 천장이 무너질 수도 있으며,
예고 없이 죽음으로 판명될 장기간의 유체이탈을
할 수도 있다. 이런 영화 같은 상황을 설정하지
않더라도 여하튼 우리는 모두 죽어가는 중이다.

그런데 나는 이런 명료함을 머리로 생각하되
정말로 실감하지는 못했다. 때때로 죽음과의
거리감이나 죽음에 대한 망각이 참 다행이라는
생각마저 들 때가 있다. 삶에 대한 나의 갈망과
집착. 이를 단단히 부여잡고 바라볼 때 죽음은
삶의 모든 것을 끊고 잠식하는 조용하고도 거대한
'삼킴', 또는 타협 없는 '무無'로의 '수렴'이다.

바로 그곳에서 만나는 불안함. 가까운 이의 부고를
접하고 '아, 나도 이렇게 (갑자기) 죽을 수 있겠구나'
하고 느끼는 순간. 또는 어디서, 왜 나타나는지 알

수 없이 종종 내 안에서 조우하는 죽음에 대한
불안과 공포. 그럴 때는 괜히 욱해서 '언제 죽을지도
모르는데 내 자잘한 욕망, 추잡한 속내까지 다
외치면서 하고 싶은 대로 살자, 살아버리자!' 하며
버둥거린다. 그러고는 '그래서 뭐 어쩌자고?!' 자문하고
슬며시 생각의 꼬리를 내리는 경우가 많았다.

죽음에 대해 곰곰이 생각하는 것을 꺼리면서 나의
죽음을 외면하고 싶은 마음이 크다. 아직은 내가
죽을 날이 아니라고, 적어도 '오늘은 절대 아니'라고
별생각 없이, 그러나 열렬히 믿고 있다. 내 삶은 휙
불면 날아갈 듯 가벼우면서도 또 꾸역꾸역 얽힌 게
많아서 아직 죽기는 싫으니까. 빼도 박도 못하는,
'에누리 없는' 죽음의 자명함을 인식하는 순간, 내
인생이 슬프고 잔혹한 소풍이 되어버릴 것 같아서.

치료를 시작하고 5개월째, 몸이 피곤하고 지친
상태였는데도 좋아하는 친구들이 온다는 소식에
고향 곳곳을 안내했다. 다음 날 참석한 결혼식에서는
원래 하기로 했던 친구가 펑크를 냈다며 울상으로
부탁하는 동료의 청을 거절하지 못하고 추운 계단에
몇 시간 동안 앉아서 축의금을 받았다. 몸이 으슬으슬
떨릴 때에야 내 상태를 염려한 다른 사람한테 자리를

넘기고 식장 안으로 들어갔다. 머릿속엔 '아, 이래도
괜찮은 걸까? 왜 거절을 못 하나!' 갈등이 생겼지만
사람 잘 안 변하니까, 포기하듯 자신에게 변명했다.

그날 저녁, 처음으로 복부 통증이 느껴졌다. 정확한
상태와 결과를 알 수 없는 통증은 무척 당혹스럽고
두려웠다. 누군가에게 쫓기듯이 난소암과 자궁근종,
자궁암에 대해 밤새 찾아봤다. 몸 안쪽 깊숙이 자리
잡고 있는 기관들이라 발견이 늦고 치사율이 높다는
정보를 읽으니 불안감이 증폭됐다. 자연치유를 하다가
암이 전이되거나 사망한 사례들이 머릿속에 펼쳐졌다.
이러다 갑자기 병원에 실려 가는 거 아냐? '손쓰기
힘듭니다'라는 소리 듣는 거 아냐?! 고통과 죽음에
대한 공포가 밀려오면서 초조하고 다급해졌다.

그래도 하루가 지나니 당장 수술을 받아야겠다는
불안감이 옅어지고 마음이 좀 가라앉았다. 수술을
받을 땐 받더라도 일단 내 병증을 가장 잘 아는
의사 선생님을 만나기로 했다. 다음 날 광주에서
진찰을 받았는데 다행히 지난밤의 걱정과 달리 처음
진단받았을 때보다는 종양 크기가 줄어들고 부드러워진
상태였다. 하지만 도시에서 다시 일을 시작한
이후로는 조금 악화되었다고 했다. 의사 선생님이

선택을 해야 하는 시기라고 하셨다. 줄어든 종양을
수술로 깔끔히 제거하든지 더욱 철저한 식이요법과
대체의학 요법으로 계속 줄여서 없애든지······.

'크기가 줄었단 건 지금까지 해온 게 효과 있다는 거
아냐! 내 몸을 믿고 다시, 제대로 한번 해보자.' 모든
일을 접고 이번엔 시골에서 치료를 시작하기로 했다.
그렇게 5개월의 시간을 고향에서 보내게 됐다.

내 인생에서 죽음을 가장 가깝게 느끼고 고민한 그
시간 동안 나의 죽음을 이전과는 조금 다른 시선으로
만나게 됐다. 누구에게도 예외가 없는 죽음은,
평생 외면하며 담쌓고 지내다가 끝내 어쩔 수 없이,

마지못해 끌려가듯 (억울하게) 당하는 것이어야
할까? 죽음이 가까이 와 있다고 느낄 때 이제껏
익숙했던, 당연하게 여기던 일상이 새롭게 보였다.

죽음은 누구도 피해갈 수 없고 누군가와 동행할
수도 없으며, 온전히 자신이 떠맡아야 하는 유일한
상황이다. 우리는 혼자 죽는다. 그리고 죽음 앞에,
또 죽는다는 두려움 앞에 홀로 마주 선다.

그 두려움에 닿고 나서야 묻는다. 내가 매달리고
있는 것들이 그렇게 중요한지. 나 자신의 뜻대로
사는 것이 아니라 알맹이 없는 무언가에
종속된 삶을 살고 있는 건 아닐까. 내가 이렇게
맴돌며 살아도 되나, 난 한 번밖에 안 사는데.
내일, 아니 지금 당장 죽을 수도 있는데.

그러면서 어떻게 살아야 할지 혼란스럽다.
이 혼란은 힘겹지만 긍정적이다. 죽음에 대한 인식과
함께 내 삶에 대한 날 선 질문들을 마주할 수 있기
때문이다. 고유한 나를 직면하는 시간.
죽음이 온전히 개인으로서의 죽음인 것처럼,
삶 역시 나만의 '고유한 삶'이어야 하지 않을까.

어느 소설가의 말처럼 '메멘토 모리(죽음을
기억하라)'와 '카르페 디엠(현재를 즐기라)'은
어쩌면 같은 말의 다른 표현일지도 모른다.
그 역시 고유한 삶에 대한 열망을 품고 있지
않았을까. 죽음을 기억하면서 현재를 즐기는 삶,
죽음을 기억하기에 지금을 만끽할 수 있는 삶.

나는 죽음 이후를 알 수 없고 그래서 불안하며
두렵다. 그러나 불안과 공포는 내 삶의 '고유함'을
추구하는 동력이 된다. 예전엔 하루가 그저 평균 수명
중 하루였다면(물론 인생은 누구에게나 평균적으로
주어지지 않지만), 내가 죽음을 인식하며 맞이하는
하루는 수치화할 수 없는 특별한 보너스다.

나는 지금 이 순간을 어떻게 살고 있나? 결국 죽음
앞에서 던지는 근본적인 질문은 이것이다. 이 질문
앞에 나는 종종 숨이 막힌다. 하지만 이 버거운 질문이,
내 하루를 돌아보고 내일을 상상하도록 만든다.

다른 사람이나 외부의 조건에 휘둘리지 않는, 고유한
내 삶. '죽음'을 통해 내 삶을 환기하고, 순간을 음미하며
살고 싶다. 물론 아직 죽음과 함께하는 삶을 살아갈
자신감이 부족하게만 느껴진다. 어떤 날은 내일에

대한 계획과 욕심으로 마음이 단단해지다가도,
어떤 날은 모든 게 다 부질없이 느껴지기도 한다.
사실 거의 모든 '하루'가 이렇듯 오락가락하는
모순과 혼란에 뒤섞인 채 관성적으로 지나간다.

정답은 없고 정해진 길도 없다. 하지만 삶 속엔
죽음이 스며들어 있고, 삶은 결국 죽음으로 스며들
것이다. 그러므로 기억하고 지향하며 살고 싶다.
고유한 죽음이 환기하는, 고유한 나의 삶.

너를 바꿔서 안 되면 주변환경을 바꿔야 해.

그래도 안 되면 네 세계가 바뀔 거야.

하나를 놓아야 다시 잡는 게 있지.

손을 펴야 움켜쥘 수 있는 거야.

2

모든 것을 내려놓고 내 안의 목소리에 귀를 기울인 날들.

한 번뿐인 내 인생을 더욱 귀하게, 나답게, 재밌고 행복하게 사는
것 말고는 다른 선택이 없음을 깨닫는다. 그렇다면 어떻게 내
행복을 그려갈 것인가, 행복한 나의 일상은 어떤 모습일까.

마음의

표
정
들

마음의 자린고비

태어나서 처음으로 온전히 나에게
집중하는 시간을 가졌다.

왜 진작 이렇게 지내지 않았을까. 주변에는 별의별
신경을 다 쓰고 늘 남들 눈치 보며 뛰어다니면서
정작 나한테는 매번 까다롭고 매정했던 나를
본다. 나의 욕망과 감정을 인정하고 표현하는 데
심각한 '자린고비'였던 나. 내 시간과 에너지는
언제나 바깥을, 다른 사람을 향하고 있었다.

나는 내 욕망조차 등급을 매기고 분류하여 통제하려고
했다. 내 안에서 솟아난 욕망을 머리가 제어하려
했으니 몸이 그 간극과 분열을 견뎌왔을 것이다.
때로는 욕망의 성질과 방향을 가늠할 수 없어서
혼란스럽기도 했다. 이제는 그런 혼란이 와도 굳이
규정하고 밝혀내려고 애쓸 필요가 없음을 알게 됐다.

어떤 욕망은 너무나 해괴하고 비열하고 어지럽고
한심하고 변덕스러우며 불순하다. 감당이 안 될
만큼 '홧홧'한 욕망이 느껴질 때라도 그냥 그

에너지 덩어리, 욕망을 그 자체로 받아들이면
되지 않을까. 격렬하게 때론 가련하게.

모든 욕망을 다 해소하고 충족시킬 순 없지만, 일단 내
안에서 비롯된 욕망을 다정하게 받아들여야 한다. 내
욕망을 알아차리고 인정하는 것. 풀어내든 끌어안든
양보하든 희석하든, 욕망의 발생을 피할 수 없다면
욕망과 함께 살아가는 요령을 익히는 게 중요하다.
남의 욕망인 양 무조건 모른 체하거나 바득바득
해석하거나 눌러 덮거나 섣불리 비난하려 하지 말고.

최근 어느 모임에서 우연히 만난 아주머니 한 분과
두서없는 대화를 나누다가 가족들에 관해 얘기하게
됐다. 그분이 몇 년 동안 '생고생'하며 식당일을
해서 모은 돈을 일본에 유학 가는 딸에게 다
털어주고 통장에 삼만 얼마가 남은 시기가 있었단다.
아주머니는 그때를 회상하며 수줍게 웃으셨다. "너무
행복했어요. 딸한테 내가 가진 걸 모두 줄 수 있었던
게. 부모님한테서 (자식에게) 주는 기쁨을 너무 빼앗진
마세요. 돈이든 물건이든 시간이든 사랑이든, 뭐든요."

돌이켜보면 나는 엄마가 뭐 필요하냐, 먹고 싶냐
물으실 때 언제나 "됐어요", "괜찮아요" 질문을
끊어 먹듯 퉁명스레 답해왔고, 그게 당연히 옳다고
생각해왔다. 힘드실 것 같아서 거듭 그러시지 말라고
했는데도 엄마는 몇 번이나 버스를 갈아타면서
바리바리 먹을 걸 싸 들고 오신 적도 있다. 그런
엄마에게 고마워하는 대신 답답하다는 듯 "아 진짜,
왜 이러시는 거예요!"라고 소리친 적도 있었다.

지금 생각해보니 자식이 씩씩하고 독립적일
때 당신들이 얻으시는 기쁨 못지않게 내가
기대고 도움을 청할 때 부모님이 느끼시는
행복이 클 수도 있겠구나 싶다.

내 욕망과 감정을 인정하고 드러내는 데 너무
서툴고 인색해서, 부모님이나 주변 사람들에게도
내 자잘한 욕망을 티 내거나 보이지 않으려고
애써왔다. 그런데 그 '애씀'이, 우리가 '욕망의
결'을 공유하고 채워주며 느끼는 온기를 가로막고
있다는 생각이 들었다. 욕망과 감정을 알아차리고
표현하는 데도, 다른 사람의 어깨에 기대는 데도
연습이 필요하다. 그래서 연습하기로 작정했다.

"엄마, 나중에 치료 끝나고 이것저것 다 먹을
수 있게 되면 가자미찜 좀 해주세요."
"나 이제 작정하고 게으르게, 이기적으로 살 거야."
일부러 세게(?!) 말하고 선언도 했다. 더 나아가
치료기간 중 몇 개월은 (나를 어린아이처럼 대하시는)
연세 많은 이모 댁에서 아이 대접받으며 지내기도 했다.
너무 어릴 때부터 어른스럽게 행동하는 게 익숙했던
내게 지금이라도 꼭 필요한 시간이 아니었을까.

어느 날 길에서 아이 하나가 넘어졌는데 2초쯤
주변을 둘러보고 엄마가 시야에 들어오자
울기 시작하더라. 어리광도 달래거나 받아줄
상대가 있을 때 부릴 수 있다. 상대가 있을 때,
부릴 수 있을 때 양껏 부려야 한다.

식욕

식욕은 내 다양한 욕망 중 상대적으로 얌전하고
드러내기 쉬운 욕망이다. 게다가 근처 편의점이나
빵집, 분식집에서 2~3천 원으로 당장은
해결할 수 있으니 간편하고 저렴한 편이다.
그래서 다른 욕망은 무관심하게 외면하면서도

식욕은 계속 살려두고 키웠던 걸까.

그 결과 나의 식욕은 일시적으로 단순하게
해결할 수 있지만, 잘 다스리기엔 가장
힘든 까다로운 욕망이 되었다.

다양한 식이요법 과정을 거친 후에는 무엇을
어떻게 먹을지 잘 생각하고 먹기 시작했다. 하지만
매번 면이나 빵 같은 밀가루 음식처럼 익숙한
맛이 그리워지는 순간이 찾아오고, 여전히 나의
식욕과 어떻게 살아갈지 고민하고 있다.

수면욕

예전의 나는 잠에 대한 욕망도 내 맘대로 주무르려고
했다. 아침이 늘 힘들면서도 별일 없이 새벽에
자는 일상이 반복됐고, 주말엔 적금 깨듯이 잠을
몰아 잤다. 좋아하는 일을 하면서 밤을 새울
때는 그나마 에너지 소진되는 느낌이 덜했지만
일 때문에, 또는 습관적으로 인터넷을 뒤적이다
밤을 새우거나 늦게 자는 날엔 온몸의 근육들이
아우성을 쳤다. 그러면 '내일 늦잠 잘게, 주말까지만

참자' 딴청을 피우며 내키는 대로 둘러대곤 했다.

몸 상태에 예민해진 요즘은 아예 밤 새울 일을
만들지 않는다. 아무리 좋아하는 일이라도 몸에
무리가 가는 게 느껴지면 일단 하던 일을 그만둔다.
상황이 허락하면 낮잠도 잔다. 한숨 자고 일어나면
시리던 무릎이 괜찮아지고 뭉친 어깨도 약간 풀리곤
했다. 정말 '잠이 보약'이다. 요즘처럼 잠을 몰아내는
사회, 잠을 잊은 대한민국이 참 안타깝다.

물질욕

내가 무언가를 애타게 갖고 싶어 했던 게
언제였나? 예닐곱 살 무렵, 자전거를 타고 싶어서
엄마, 아빠와 '시 50편 외우기'라는 약속을 하고
(지금 생각해봐도 참 괜찮은 '딜'이다) 짧은
시를 찾아 동시집을 뒤지던 기억이 난다.

초등학교 5학년 땐가 시답잖은 이유를 들어가며
설득하고 졸라서, 아빠가 없는 돈에 무리해서 컴퓨터를
사주셨던 기억이 난다. 그리고 고등학생 때 세뱃돈
모아서 샀던 MP3 정도. 스무 살 이후부터 돈을 벌어

쓰면서는 나를 위해 (가격으로 따지자니 좀 웃기지만)
2~3만 원 이상인 물건을 산 적이 없다. 조금씩 모은
돈으로 여행을 떠나서도 장기간 여행하고 싶은
마음에 정말 '거지'처럼 다녔다. 경제적 여건은 늘
제한적이었지만, 종종 다른 사람들한테 밥이나 선물을
사는 데에는 돈 계산보다 마음을 우선시하는 나였다.
물질의 경우 욕망도 저항도 그다지 강하지 않았고
늘 '있어도 그만, 없어도 그만'이라고 생각해왔다.

그러나 내 몸에 불만족스러운 부분이 뭘까,
충족되지 않았던 게 뭘까 고민하면서 처음으로

'내가 진짜 원하지 않았던 걸까?', 아니면 애초에
'원하는 마음을 걸어 잠갔던 걸까?' 곱씹어보았다.
사실 살아가는 데 꼭 필요한 물건은 그다지 많지
않다. 내가 갖고 싶은 것들도 별로 없었다.

하지만 때로는 나한테 '꼭 필요한' 게 아니더라도
'갖고 싶은 마음'이 생길 수 있다는 당연한 사실을
받아들이게 됐다. 어쩌다 뭔가 갖고 싶은 마음이 들면
'저건 꼭 필요한 게 아니야'라고 부리나케 생각을
잘라왔음을 알아차렸기 때문이다. 사소한 물건들에
대한 내 욕망을 섣불리 봉합하지 않고 그대로
인정하게 된 것만으로도 내 마음은 좀 어루만져졌다.

때때로 내 이성은 '너보다 훨씬 더 힘들게 사는, 어쩔 수
없이 자신들에게 자린고비인 사람들도 엄청 많거든!'
외치며 봉기하기도 한다. 하지만 그런 현실 인식과
내 욕망에 대한 인정은 별개인 것 같다. 어려운 상황
속에서 치열하게 사는 사람들을 기억하고 그래서
부끄러움을 느낄 때도 있지만, 그렇다고 내 욕망 자체가
생기지 않거나 순식간에 증발하는 건 아니니까.

애정욕·성욕

나는 성욕이 다른 욕구에 비해 하찮거나
불순하다고 생각했다. 누군가를 아끼고 사랑하는
마음은 순수하고 우월한 것으로 육체적인 끌림은
열등하고 꺼림칙한 것으로 받아들였다.
누가 뭐라 한 적도 없는데, 내 몸이 달궈지는 순간을
모른 척하거나 감췄다. 하지만 그 순간을 어찌어찌
넘긴다고 내 욕망까지 사라지는 것은 아니었다.

몸이 닿으면 심장까지 마를 것 같던 여름밤들.
창피하고 부끄럽게 느껴졌던 몸의 온도. 무엇이든
처음으로 경험하는 순간이 첫 경험일 텐데,
'첫 경험'이라는 것을 들춰보는 것이 유독 껄끄러웠다.

호기심도 몸의 끌림도 새어나가지 않도록 단단히
붙들어 맸다. 그렇게 몸 둘 곳, 마음 둘 곳 없이
쌓인 외로움은 한겨울 알몸으로 쫓겨났다.

구겨진 감정들

감정을 표현하는 데도 인색한 나. 힘들거나 외롭거나
섭섭한 감정들은 누구 앞에서도, 심지어 혼자일
때도 잘 표현하지 않는다. 슬픔이든 기쁨이든
내 속에서 우러난 감정들이 몸 밖으로 나오지
못한 채 쌓이고 고여서 썩어버린 것 같다.

게다가 언제부터인지 울지 않는 사람이 돼버렸다.
눈물이 나오려고 하면 입술을 앙다물고 참았다.
왜 눈물이 흐르도록 그냥 두지 않을까.
이기적인 모습, 유치한 모습, 두려운 마음, 방정 맞은
욕망도 다 드러내도 되는데. 아프다고 힘들다고
외롭다고 무섭다고 말해도 되는데, 울어도 괜찮은데.

어느 스님에게 악마는 '외부의 적'이 아니라 부처님
마음속 욕망의 발현이었다는 말씀을 들은 적이
있다. 아니, 부처님한테도 욕망이 있었다니. 그래서

흔들렸다니! 욕망에서 자유롭다는 건 그것이 전혀
없거나 아예 생기지 않는다는 말이 아니라, 내 욕망을
알아차리고 조절하면서 섬세하게 즐기는 게 아닐까.

아직 서툴지만 자신에게 넉넉해지고 솔직해지는 연습
중이다. 한정된 시간과 돈, 정성과 에너지를 나를 위해
귀하게 사용할 것이다. 내가 원하는 것, 좋아하는
것들에 더 큰 관심을 두고, 그렇지 않은 것들에 대해
습관적으로 쏟는 '억지 관심'은 줄여보려고 한다.

내가 나를 소중히 여겨야 다른 사람들도 나를,
그리고 내가 남을 소중히 대할 수 있다. 이제
천장에 매단 생선을 힐끔거리며 간장으로 밥을
먹는 자린고비 생활을 청산하고, 나 자신을 위해
맛깔스러운 반찬이 담긴 따뜻한 밥상을 차려야겠다.

숙성되는 시간

종양 진단을 받은 직후 갑작스럽게 일을 그만두고
3개월을 쉰 다음, 주변의 만류에도 괜찮다고
고집을 부리며 다시 일을 시작했다. 그렇게 한 달쯤
지났을까, 갑자기 통증이 찾아왔다.

'아, 몸이 제일 먼저인데' 하는 생각과 두려움이
뒤따랐다. 모든 계획, 일을 취소했다. 직장생활,
도시생활, 사람들과의 관계를 동시에 끊었다. 예전부터
기다리던, 히로시마 '바람의 축제' 공연과 일본 인디
음악가와의 듀엣음반 작업도 모두 취소하거나 무기한
연기했다. 몸이 가장 중요하다고 생각하면서도 취소한
계획들이 아쉽고 아까웠다. 시골생활 초반에는 다른
사람들이 모두 나아가고 있을 때, 나는 20대 중반의
젊은 나이로 '멈춰' 있고 뒤처진다고 생각했다.

이제껏 이뤄온 것들(딱히 '이뤘다' 할 만한 게
없었음에도)이 후르르 사라지는 가운데 별수 없이 멈춰
있다는 불안감과 불만. 불편한 자세로 '정지 버튼'을
누른 채 끝을 알 수 없이 멈춰 있는 나.
몇 개월이 흐르고서야 내게 그 '멈춤'이

절실히 필요했음을, 이 시간이 나의 새로운
'재생'을 준비하는 시간임을 알게 되었다.

질문하는 시간

몸과 마음의 다이내믹한 변화를 경험한
지난 몇 개월 동안 여러 번 '이거다!' 하는
순간이 찾아왔다. 몸이 평소와 다르게 가볍고
말끔하게 느껴지고 마음이 편안해지면서
어지럽던 고민도 함께 씻겨 나가는 듯했다.

"아, 이제 고생 끝이구나."

하지만 웬걸, 그 시기가 지나고 나면 새로운 질문들,
변화가 찾아왔다. 결론을 내리거나 자만하려는
순간이면 어김없이 예외가 나타났다. 처음엔 '이게
뭐야, 다 해결된 줄 알았는데!' 기운 빠지고 실망했지만,
새로운 상황이 찾아온다고 예전의 질문과 답이
쓸모없어지는 건 아니었다. 새로운 질문은 이제껏
쌓인 고민과 답을 양분 삼아 다시 만들어졌다.

매번 새로운 관점, 다른 차원의 질문을 만났고

비슷한 질문에도 조금 다른 답을 찾게 되었다.
답을 하나 얻는다고 질문 자체가 없어지는 게
아니라 예상치 못한 상황, 관계를 만나고 시간이
흐르면서 (더 많이 경험하고 배울수록) 이전과
다른 질문, 다른 답들을 만나는 것 같다.

질문이 저절로 사라지거나 하나의 답을 찾고 한 방에
모든 질문이 해결되는 게 아니더라. 언제나 한 꺼풀
더 벗겨진 질문, 새로운 각도의 답이 나를 찾아온다.

물꼬를 트는 시간

내 인생의 물길이 '막혔다'는 좌절에서 비롯된
지난 3년의 시간. 하지만 내가 꿈꾸는 바다의
풍경을 상상하고 제대로 된 물꼬를 헤아려보는,
그 시점의 내게 꼭 필요한 것이었다.

인생의 물꼬를 트려면 우선 내가 가 닿고자 하는
바다가 어딘지를 알아야 한다. 그 바다로 흘러가는
수만 갈래의 길 중 어느 개울, 강물에 합류할지
결정하거나 전혀 새로운 길을 뚫어야 한다. 그 길의
걸림돌, 헷갈리는 표지판들을 치우고 가지 쳐내야

한다. 덜 힘들고 더 즐겁게 흘러갈 방법을 추려내고
실행해나가야 한다. 궁극적으로는 지금 흘러가고
있는 물의 농도, 빛깔, 향기가 어떤지, '나의 상태'를
살피는 것이 가장 중요하다는 생각이 든다.

앞으로도 내 삶이 답답한 어느 순간에 한 걸음
떨어져서 바라보고 여유롭게 생각해야겠다.
혹시 지금 나한테 이런 시기가 필요하지 않았나
하고. 물은 늘 어딘가로 흐르지만 그 물이 잘
흘러가게 하기 위해서는 적절한 타이밍, 적절한
곳에 '물꼬를 트는' 손길이 필요하다.

나 자신을 배우고 확장하는 시간

멈춰 있던 몇 개월은 내 강점과 약점, 가능성과
한계를 다시 돌아보는 시간이었다. 누구나 재능이
있는데 그걸 잘 모르거나 간과해서 충분히 살려보지
못한 채 재능의 입구를 닫아버리는 경우가 많다.
어떤 재능이든 그것을 귀하게 여기고 잘 길어
올리는 것은 매우 중요하다. 또 나의 '재능'이
엉뚱한 곳에서 낭비되지 않도록 '재능의 고삐'를 잘
쥐고 나의 잠재력을 '발굴'하고 활용하고 싶다.

또한 지난 시간은 내가 하고 싶은 것과 할 수 있는
것, 지지리 못하는 것과 비교적 잘하는 것의 경계를
인식하는 시간이기도 했다. 가능하면 내가 하고
싶고 해낼 수 있는 일들을 하는 것. 지지리 못하는
영역은 스트레스 받지 않는 선에서 경험하는
것이 몸을 이완시킨다는 사실을 깨달았다.

'나를 모른다'는 겸허한 마음으로 자신을 배운
시간. 천천히 질문하고 물꼬를 만지작거리며, 자신의
새로운 면을 발견해가는 시간. 때론 어이없어하고
가끔은 좀 놀라면서 성장하는 시간. '나'란 존재가
조금은 확장되지 않았을까. 내가 더욱 맛나게, 나답게
숙성되는 시간. 나는 이렇게 조금씩 익어간다.

되고 싶은 나, 존재하는 나

오스카 와일드는 인생이 다음 두
가지로 성립된다고 했다.

'하고 싶지만 할 수 없다, 할 수는 있지만 하고 싶지
않다.' 좀 분하지만 제법 맞는 말 같다. 그러고 보면
'나'란 존재 역시 두 가지로 구성된 게 아닐까?
원하지만 나한테 없는 것,
나한테 있지만 원하지 않는 것.

인생은 끝없는 레이스다. 이곳에 존재하는 내가
어딘가의 '되고 싶은 나'를 동경하며 좇는다.
나는 나의 급한 성격, 얇은 귀, '욱' 기질, '척'하는
어색함, '체'하는 불편함을 몰래 갖다 버리고
싶다. 남이 알아주든 알아주지 않든, 유명하든
유명하지 않든 마음이 충만한 사람이고 싶었지만
현실의 나는 늘 몸과 마음이 허기졌다.

어깨는 굽어도 당당한 사람, 지혜롭고 담대한 사람,
솔직하고 편안한 사람. 언제나 그런 사람이길 바라지만,
현실의 나는 그 기대와 멀리멀리 떨어져 있다.

어릴 때부터 '어른스럽다', '독립적이다', '야무지다'는
말을 당연한 듯 듣고 자랐는데 정작 어른이
된 지금은 어른스럽기도 싫고 함부로 어리광
피우고 싶을 때가 많다(덧붙여 나이가 많다고 다
'어른'은 아니라는 진실도 여실히 경험한다).

치료기간에 중학생 아이 하나와 같이 지낸 적이 있다.
그 아이는 주변을 어질러놓은 채 스마트폰 게임에만
열중했다. 식사 후에는 자기 밥그릇을 씻기는커녕
치우지도 않았다. 늘 누군가 자기를 챙기고 주변

정리해주는 걸 당연하게 여기는 듯했다. 그런데 그
아이를 지켜보는 내 마음이, 단순히 얄미움을 넘어서
지나칠 정도로 불쾌하고 울화통이 터졌다. 내가 매번
청소하거나 도와주는 것도 아닌데 괜히 신경질이 났다.
'아, 내가 이 아이를 질투하고 있구나!'

주변 사람들은 전혀 신경 쓰지 않고 본능에 충실한
그 당당함. "라면 먹고 싶어요" 하고 들이대는 배짱,
"니가 먹고 누가 치우라고 여기 둔 거야?!" 웃음기
하나 없는 말에도 결국은 다른 사람한테 설거지를
넘기는 뻔뻔함이 부러웠다. '나도 저러고 싶다'는
마음이 꼬물꼬물 피어났다. 하지만 이제 다 큰 내가
'그럴 수 있는' 공간이나 상대를 만나기는 쉽지 않다.

친구 대헌이와 타인의 어린 모습을 보고 견딜 수
없어 하는 사람이 가장 어린 사람이라는 얘기를
나눈 적이 있다. 그래, 나는 정말 견딜 수가 없더라.

돌이켜 보면 어린 시절 '어른스럽다'는 게,
'자립심이 강하다'는 게 장점만 있는 건 아닌 것
같다. 어리광이 꼴불견으로 보일 가능성이 잔뜩
높아진 20대 후반, (처음부터 존재하지 않는
것이라 믿었던) 내 어리광이 해소되지 않은 채로
마음속 여기저기 쌓여 있다는 걸 알아차렸다.

111

어느 정도의 사고와 판단을 할 수 있었던 시점부터
나는 모든 걸 내가 선택하고 책임졌다. 후회는 없다.
아마 다시 돌아가도 비슷하게 살 것 같다. 나는 나고 그
아이는 그 아이니까. 둘 다 가질 수는 없으니까. 하지만
한동안은 전혀 어른스럽지 않은 내 안의 어린아이를
자유롭게 풀어두는 시간이 필요하지 않을까. 대책 없이
게으르고 지독하게 이기적이며 낯 뜨겁게 솔직한.

내 '땡강'을 드러낼 수 있는 어떤 상대를 만난다면 더욱
다행스럽겠다. 그런데 그는 무슨 죄란 말인가. 비장하게
말하건대 '어쩔 수 없다'. 하필이면 '나를 만난 죄'라고
해두자. 좀 창피하지만 지금 나의 솔직한 마음이다.

주변 시선에 신경 쓰지 않고 나를 바라보는 시간을
가지면서 스스로를 얼마나 다그치고 몰아세웠는지
깨닫게 되었다. 나는 쓱쓱 재빠르고 꼼꼼하게 일을
잘한다고 생각했지만, 사실 허둥지둥 서두르고 있었다.
늘 잘해야 한다, 잘하고 싶다, 내가 잘한다는 걸
'보이고 싶다'는 강박감에 내 몸과 마음이 시달리고
피곤해한단 걸 눈치채지 못했다. 허기진 자존감에 내가
나를 쌀쌀맞게 구박했다. 남이 나를 어떻게 대하고
내게 어떤 표정을 짓는지에 따라 내 가치를 판단했다.

나에 대한 불만과 미움이 쌓여 마구 밟히고
찌그러진 캔처럼 몸과 마음이 구겨질 때도 있었다.
그럴 때는 주변 사람들에게 짜증과 분노의
화살을 쏘아댔다. 나의 부족함을 인정하고 싶지
않을 때는 누군가 조언을 할 때도 의연하게
받아들이기 힘들었다. 칭찬은 의심하고 비판엔
낙담했다. 내가 나를 잘 모르고 인정하지 않으니
타인의 '잘했다, 못했다'라는 평가에 너무도 쉽게
흔들렸다. 마음에 드는 내 모습은 부여잡고, 꼴
보기 싫은 모습은 쓰레기통에 처박고 싶었다.
이래저래 쥐어뜯기는 마음에 바람 잘 날 없었다.
이렇게 야박하고 까칠하게 구는 습관은 쉽게
타인에게도 이어졌다. 자신에 대한 낮은 자존감과

타인에 대한 비난은 같이 어울려 다니는 걸까.

나는 종종 '절대로' '반드시' '꼭' 같은 단어를
사용했지만, 정말로 '그래야만 하는 일' '절대로
일어나선 안 되는 일' 같은 것은 없는 것 같다.
우리는 '그럴 리 없는 일'이 벌어진 상황이나
'이럴 수가' 싶은 순간들도 이미 충분히 경험했다.
'제발, 이랬으면' 하는 바람을 품고 있더라도
인생의 순간들은 언제나 예측 불가.

사실 인간이라는 존재는 양면적이고 다층적이며
가변적이다. 하지만 나는 그 변화의 다양성, 능동성을
불확실함이나 변덕, 오류로만 바라봤다. 모든 게
변하고 흐를 것으로 생각하니 '절대'와 '꼭'에도
약간의 틈이, 여유가 생겼다. 나에 대해서뿐만 아니라
많은 것들에 대해 '옳다, 그르다'로 판단하던 버릇도
많이 사라졌다. 섣부르게 판단하기보다 자연스럽다,
자연스럽지 않다 또는 편하다, 편하지 않다 정도의
기준으로 사람이나 상황을 보는 경우가 늘었다.
서툴고 불완전한, 어리고 어리석은 나와
타인의 '여지'를 인정하고 받아들이는 것.

새롭고 낯선 내 마음의 안팎을 경험하면서 내가
'되고 싶은 나'를 다시 그리며 살아간다. 느슨하게
풀어져 나의 강점, 약점을 껴안고 싶다. 무엇을
하든 조금 더 천천히 움직이고 일하면서 내 몸과
마음이 안녕한지 살피고 이완하고 싶다.
나에 대해 나 자신도 모르게 닫고 있던 문을 열고
가능한 한 넓게 받아들이고 싶다. 나는 이런 사람이야,
내가 그렇지 뭐. 이렇게 스스로 단정하지 말고 자신을
믿으면서 나의 가려진 부분들을 발견하려고 한다.

살아 있다는 건 곧 변한다는 게 아닐까.

○

내가 편애하는 사람

열네 살 무렵, 집을 떠나 전교생이 서른 명 남짓한
작은 학교에서 3년을 보냈다. 나의 유난스런 사람
욕심, 관계에 대한 집착이 서서히 드러나기 시작했다.
나는 모두에게 '좋은 사람'이고 싶었다. 한정된
공간에서 가족처럼 지내던 선생님과 친구들에게
큰 애정을 쏟았고 감정적으로도 많이 의존했다.
나는 그곳의 모든 구성원과 특별한 관계이길
바랐다. 온종일 사방팔방 뛰어다니며 온갖 일에
신경을 썼고 힘들어도 늘 웃는 얼굴을 보였으며
내 의견, 상태, 감정은 항상 뒤로 밀어뒀다.

그러다 어느 순간, 밀려난 감정들이 예상치 못한
상황에서 고름처럼 터져 나왔다. 머잖아 나는 모두에게
좋은 사람, 아니 그나마 괜찮은 사람이 되는 것조차
불가능하다는 사실을 알게 됐다. 내가 노력하는
부분과 상대가 원하는 부분이 다른 경우가 허다했고
아무리 애를 써도 내가 바라는 관계가 되지 않을
때가 많았다. 관계에 대한 마음의 온도와 밀도는
사람마다 모두 달랐다. 모두 내 맘 같지 않다는
사실을, 몸과 마음이 파김치가 된 후에야 깨달았다.

그러나 사회생활을 하면서 한번 뿌리내린 욕망
혹은 습관이 다시 몸 밖으로 튀어나왔다. '배려가
많다' '관계성이 좋다'는 별 뜻 없는 칭찬에
너울너울 춤추다가도, 좋은 평판을 잃을까 봐
조바심에 몸을 동동 굴렀다. 함께 일하는 사람과의
관계에 지나치게 신경을 썼고 일의 의미보다 나에
대한 평가가 중요했다. 대화할 때도 상대방의
눈빛에서 그 사람의 마음과 상태가 어떤지
읽어내려는 욕심이 앞섰다. 그렇게 관계 속에서
눈치 보고 바들바들 떨면서 지낸 십여 년의 시간.

'나는 관계 지향적인 사람'이라고 생각하며 스스로
장점이라고 여기기도 했다. 하지만 나의 행동이
정말 그들을 위한 것이었는지 돌아보게 되었다.
그들이 요청하거나 필요하지도 않은 배려를 나 혼자
배려랍시고 하지 않았는지. 겉으로 바라는 건 없다고
하면서도 끊임없이 애정을 돌려받기를 바랐고 원하는
만큼 채워지지 않으면 괴로워했다. 늘 주변을 향해
시간과 에너지를 쏟으면서 정작 내 일상은 팍팍했다.
체력과 에너지의 한계를 느끼면서 괜히 혼자 한탄할
때가 많았다. 그러다 제풀에 지쳐 관계가 휘청이도록
쌓아둔 불만과 스트레스를 쏟아내기도 했다.

아무리 아끼고 애정하는 사람이어도, 나를 위해
에너지를 쓰고 남은 여분으로 상대를 살펴야
한다. 관계는 절대 일방통행으로 만들 수 없고
교감과 상호작용을 통해 건강하게 형성된다.
몸이 조금씩 회복하고, 나이를 먹을수록 굳이
설명이나 변명을 하지 않아도 되는 관계가
편안하다. 서로에게 아등바등 '열심히' 하지 않아도
되는 상대가 결국 오래 찾는 사람이 된다.

자주 연락하거나 일부러 애쓰지 않아도 늘 마음이
맞닿아 '현재진행형'인 사람들. 유한한 인생
속에 내 모습 그대로 자연스레 공감이 흐르는
사람들과 많은 시간을 보내고 싶다. 그리고
나는 기꺼이 그런 이들을 '편애'하고 싶다.

내 감정을 있는 그대로 인정하고 표현하는 것.
내 사랑과 관계성의 버릇, '패턴'을 인식하는 것.
그 패턴의 원인을 '나'로부터 찾는 것,
그래서 조금씩 '변화'를 만들어가는 것. 어떤 관계
속에서도 나한테 가장 중요한 건 바로 나라는 사실.
내 삶을 바라보는 창 하나가 새롭게 닦인 듯하다.

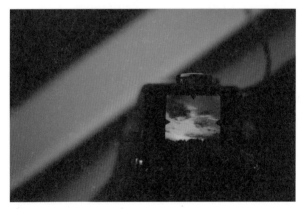

그렇게 각자의 자리에서

시골에서는 정말 새까만 밤하늘을 만난다. 도시와
멀리 떨어진 작은 마을에서 마주하는 순도 높은
어둠, 그 고요함과 정적이 반갑고 고맙다.

까만 밤하늘 속에서는 별들의 반짝임이
싱싱하고, 익어가는 달의 가장자리도 선명하다.
달의 가장자리에 혀가 닿으면 어떨까, 상상에
빠져들기도 하고 때때로 늑대처럼 달을 보고
우짖고 싶다. 스스로가 어리석게 느껴질 때는 붉은
달님이 내 뺨을 후려쳐줬으면 하고 바란다. 그렇게
달아오른 뺨은 아마 아릿할 만큼 황홀할 거다.

비가 오면 비를 맞고, 비에 젖은 길을 맨발로 걷는다.
성난 파도에 홀딱 반하고, 잿빛 구름 아래 바람
후려치는 날엔 꼭 싸돌아다녀야 한다. 봄에는
여행과 연애 말고는 아무것도 하기 싫은 '봄 멀미'를
앓고, 여름에는 더위를 녹일 만큼 뜨겁게 살고 싶다.
늦가을 바람이 스칠 때면 온몸으로 살아 있다고
느끼며, 땅이 얼기 시작할 때는 겨울잠 자며 긴
꿈을 꾸고 싶다. 봄, 여름, 가을, 겨울 내내 계절을

타는 나는, 계절의 흐름이 구구절절 느껴지는
시골에 어울리는 사람이라고 생각해왔다.

그런데 돌이켜보면 어디에 있든지 어떻게 해서든지
꿈틀거릴 '틈'을 찾아내곤 했다. 나만의 발작을
풀어낼 구석을 찾아서 발버둥을 쳤다. 도시에서나
시골에서나 온 마음이 출렁거리도록 방황하고
행복해하며 한 계절 한 계절 배웅하고 마중 나갔다.

도시와 시골은 시간, 돈, 집, 밥, 인간관계 등 우리
일상의 많은 부분에 대한 개념 자체가 다르다.
사용하는 언어도 다르다. 나는 지난 몇 년을
도시에서 지내며 치자꽃, 반딧불이, 아궁이, 저수지,
비설거지 등의 단어들을 듣거나 쓴 적이 거의 없다.
시골에서 지내면서는 공동구매, 야근, 3번 출구,
마감 세일 같은 단어를 듣는 일이 매우 드물다.

이 단어들은 각자의 자리에 존재하며 적절하게 쓰인다.
무엇이 좋거나 나쁜 게 아니라 사람마다 상황마다
필요하거나 선호하는 것이 다르다. 어릴 때부터 자연
속에서 보낸 시간이 많고 그 추억들이 워낙 소중하게
간직되어서 그런지 오랫동안 도시에 대한 부정적인
생각과 시골에 대한 그리움을 품고 지냈다.

내 고향은 잔잔한 바다가 마음이 아릴 정도로
아름다운 남해안 소도시다. 중·고등학교 시절은 전북
지리산 자락, 경남 거창의 들판과 강변에서 보냈다.
어린 시절부터 산과 들, 개울과 해변, 인적 드문
시골길은 나의 친구이자 놀이터였다. 그 길 위에서 혼자
비틀거리고 왁왁 노래했으며 종종 흐느적흐느적 춤을
추기도 했다. 그러다가 스무 살, 서울 끄트머리의 반지하
방에서 오빠와 함께 지내며 대학을 다녔다. 당시 나는

서울이란 도시가 참 팍팍하고 뻑뻑하게 느껴졌다.
두 명이 누우면 꽉 차는 방, 화장실을 공유하는 이웃
사람들의 '구체적인 소음'도 괴로웠지만 무엇보다 내가
큰 소리로 노래를 부르면 나만큼이나 괴로워하는
사람들이 생길 것 같았다(내가 이기적이라고 해도 이
사실을 완전히 무시할 수는 없다). 그래서 나의 힘이자
위안인 '무알콜 고성방가'를 내 안에 묻으며 지냈다.

거리를 돌아다닐 때도 나를 통과하는 공기는
그다지 상쾌하지 않았다. 폐부를 깊숙이 찌르는
매연. 난생처음 새까만 코딱지를 봤다. 제법 큰

충격이었다. 서울에서 일하다가 오랜만에 고향에
갔을 때 버스에서 내리자마자 신선한 공기가 코털에
닿는 순간 생각했다. '아, 이제 나는 서울에 못
돌아가겠다.' 하지만 짧은 주말을 보내고 서울로
돌아가 멀쩡히 숨 쉬며 지냈다. 그렇게 몇 년을 지내다
보니 서울의 다양한 표정들이 보이기 시작했다.

서울에는 볼거리, 먹을거리, 들을 거리, 할 거리가
많다. 뭐든 눈에 보이는 것은 다양하고 풍요롭다.
휘황찬란한 동시에 의아할 정도로 침착하다.
너무나 다채롭지만 또 모든 게 공장에서 찍어낸 듯
식상하다. 가끔 그 모든 게 나를 집어삼킬 듯 숨

막히게 느껴질 때도 있다. 뭐든 많기 때문에 무엇을
선택해야 할지 혼란스럽다. 그 많은 것들 가운데
보이지 않는 것들, 잊고 지내는 것들도 많아진다.

쉼 없이 돌아가는 광고, 버려지고 다시 채워지는
진열대. 빠르게 돌아가는 모든 풍경에 현기증이
난다. 어쩔 땐 눈과 귀, 손에 닿는 모든 새롭고
'쌈박'한 것들이 역겹게 느껴지기도 한다. 어느 뮤지컬
대사처럼 '거대한 독버섯' 같은 대도시의 낮과 밤.

그러나 독버섯 같은 도시라도, 나는 이곳에 살고 있다.
명동 거리, 신도림역, 종로 3가의 군중이 되어 아무도
알아보지 않는 익명성에 편안함을 느낀다. 그 묘한
익명성은 "누구 씨, 딸이제?"라는 말을 흔히 듣는 지방
소도시에 익숙했던 나에게 안도감을 주기도 했다.

같은 매연을 들이마시는 사람들과 공감대가 형성되는
순간, 삭막한 도시도 결국 사람 사는 곳이라는 걸
깨닫는 일상의 소소한 발견들. 맑은 날 곳곳에 널린
빨래, 낯선 이의 친절, 떠들썩한 안부 인사, 맛있는
밥상을 마주한 표정, 모퉁이에 정성스레 가꾼
꽃밭. 이런 도시의 풍경이 소중하게 느껴진다.
아주 드물게는, 누군가 타인이라는 '낯선 거리'를 넘어

나에게 다가오는 순간이 있다. 새벽 1시가 넘어 끊긴 줄 알았던 좌석버스를 타는데, "해피하죠?" 내게 말 걸던 아저씨의 경쾌한 웃음. 공중전화 사용이 활발하던 때, 전화카드를 빌려줘서 고맙다며 누군가 내게 건넸던 연둣빛 사과. 지하철 한 칸, 좁은 버스 안에서 부대끼며 타인이 내뱉는 숨을 들이마시면서 서로에게 타인이 아닌, 우리 모두가 도시 풍경의 일부라는 생각이 스미는 짧은 순간들이 있다.

다시 생각해보면 도시에 있느냐, 시골에 있느냐가 근본적인 문제는 아니다. 고향 마을 저수지와 지리산 천왕봉, 거창 하늘은 언제나 내 기억 속에 존재한다. 이제는 그 옆자리에 도시의 풍경도 자리 잡았다. 지하철이 다리 위를 지날 때면 늘 허리 돌려 바라보던 한강. 경쟁하듯 들어선 빌딩들과 그 옥상. 지하철 플랫폼에 불어오는 먼지 낀 바람. 눈길이 마주치고 마음이 전해지는 찰나의 순간들. 그 어딘가에서 비롯될 인연들. 이 모든 것들 사이에 도시는 자신의 매력을 숨겨두었다.

시골이든 도시든 모든 게 다 좋을 수만은 없다. 시골은 까만 코딱지를 만들 만큼 팽팽 돌아가지 않고 도시에서 까만 밤하늘을 만나기란 불가능에 가깝다. 둘 다

동시에, 온전히 가질 수는 없겠지. 원한다면 '중간'에
가까운 삶의 공간과 방식을 찾는 방도는 있겠다.

하도 힐링, 힐링 해서 '힐링'이란 단어가 많이
닳은 느낌이지만, 결국 우리는 모두 각자
편안하게 느끼고 치유되는 힐링 스팟을 찾고
있는 게 아닐까. 어쩌면 인생 전체가 그런
'귀소본능'으로 움직이고 있는 것 같다.

마음이 이끄는 곳에서 하루하루를 보내는
것은 큰 축복이다. 하지만 그곳이 어디든 내가
발 딛고 선 곳의 매력을 찾고 즐긴다면, 좀 더
흥미롭고 궁금한 나날이 채워지지 않을까.

혼자인 게 아깝긴, 뭘요

종양 진단을 받고 처음으로 난소가 어디에 있는지
알았다.

난소와 자궁이 어떤 역할을 하는지도 뒤늦게 관심을
두게 됐다. 그러면서 섹스와 결혼, 출산과 육아에 대해
'난 연애는 해도 결혼은 안 할 거야' '섹스는 해도
아이는 안 낳을 거야' 단정 짓던 마음에 약간의
틈이 생겼다. 친언니 같은 태국 친구이자 두 아이의
엄마 픽이 해주었던 얘기가 떠올랐다. "나도 결혼,
출산에 대한 생각이 전혀 없었어. 그런데 30대
중·후반이 되니까 몸이 원하더라고. 참 신기하게도,
몸이 원한다는 게 느껴졌어. 너도 알게 될 거야."

몇 년 전까지 주변 어른들이나 친척들이 결혼 이야기를
꺼내면, 그냥 웃으며 자리를 피하곤 했다. 그런데 점점
나를 붙잡아 앉혀놓고 정색하시며 얘기하기 때문에
자리 피하기가 어렵다(또는 분쟁 발생의 가능성이
커진다). 가끔 결혼식 축가를 부탁받으면 "축가라기보다
응원가라고 생각하고 부를게" 괜스레 덧붙인다.
내가 생각하는 '결혼'은 그런 거였다. 그 자리를 피하고

싶고, 축하보다 응원이 필요할 것 같은. 친구들 사이에
결혼 얘기가 나오면 고개를 절레절레 흔들며
"난 안 할 것 같은데" 중얼거렸고 혹시나 '출산'이란
단어가 나오면 얼른 손까지 내저었다. "아유, 상상도 못
하겠어. 세상의 엄마, 아빠들은 모두 너무 대단한 것
같아. 아이랑 나랑 둘 다 자유롭게 살 자신이 없어."
출산 또는 육아라는 단어를 듣기만 해도, 이미
만만찮은 내 인생에 거대한 바위가
사뿐히 얹히는 느낌이었다.

십 대 중반부터 곳곳을 떠돌며 세상 온갖 것들에
관심과 에너지를 쏟아온 나. 그동안 정작 내 몸이
원하는 것에는 소홀했던 게 아닐까? 이제 가만히 앉아
내 난소를 쓰다듬고 자궁에 귀 기울이면서 묻는다.
혹시 아이를 낳고 싶은지, 결혼을 하고, 안정된 삶을
살고 싶은지. 오랜 시간이 지나서야 조금 머쓱한 답이
들려왔다. 당장 그러고 싶은 건 아니지만, 언젠가 그럴
수도 있겠다 싶더라. 아차, 싶었다. 그래, 그럴 수도
있겠다. 결혼식은 지루하고 피곤할 뿐이고 결혼 생활은
갑갑하고 답이 안 나온다는 편견, 남편은커녕 연애할
남자도 없다는 생각. 출산과 육아에 대한 막연한
두려움. 나는 못 해, 나는 안 할 거야. 어느새 나도
모르게 마음을 굳게 걸어 잠그고 있었다. 닫힌 마음이

내 난소마저 옥죄였던 걸까. 그저 자유로워지고 싶어서
인생의 어느 영역을 외면 혹은 배제한다고 생각했는데,
오히려 그 외면이 내 몸의 자유를 제한하고 있었던
건지도 모른다. 양쪽 문을 다 열어둘 때 정말로 내
몸과 마음이 삶을 드넓게 음미할 수 있는 건 아닐까.

지금껏 나는 늘 이동하며 살아왔다. 아직은 한곳에
머물기보다 지구 곳곳을 돌아다니며 낯선 세상을
더 많이 겪어보고 싶다. 하지만 예전보다 약해진 몸,
편리함을 좇고 있는 나 자신도 발견한다. 떠나는 데
익숙해서 가벼워진 나의 짐, 늘 들고 다니는 사계절의
옷을 어딘가 한곳에 내려놓고 싶기도 하다.

이제는 '방랑욕'과 '정착욕'이라는 내 안의
모순적인 욕망을 그대로 인정하기로 했다.
여전히 결혼엔 흥미가 없고 임신이나 출산, 육아를
감당해낼 자신이 없다. 하지만 인생이란 물길
속에선 자신 없고 두려워도 그저 흘러가는 일들,
일어날 수밖에 없는 일들이 있다. 그리고 뭔가
그렇게 일어나버린 상황에서도 우리가 선택할 수
있는 사잇길 또는 대책이 있게 마련이다. 상상조차
못 하던 일을 하게 되는, 그냥 '살아지는' 날들이
오기도 한다. 언제나 다른 조건의 '가능성'이 있다.

남성과 여성의 다른 에너지, 사람 대 사람으로서
서로가 흥미롭고 힘이 되는 지점들이 보인다. 연애,
결혼, 출산, 정착...... '평범함'이 참 특별하게 느껴진다.
지금 내가 원하진 않지만, 그 일상을 살고 유지해가는
사람들에게 축하와 응원을 함께 보내고 싶다.

지하철역에서 '혼자이긴 아까운 당신'이란 광고
문구를 봤다. 아니, 혼자인 게 왜 아깝지? 하긴,
결혼정보회사 입장에선 아깝겠구나, '잠재적
고객'을 놓치고 있으니. 지금도 그 광고를 볼 때마다
생각한다. '혼자인 게 아깝긴, 뭘요'. 정말 중요한 건
어떤 형태로 살더라도 '아깝지 않은 오늘'을 사는
것이다. 몸으로 마음으로 삶의 본질을 더듬어가고,
정성껏 삶을 대하는 태도를 유지하는 거다.

나는 지금, 솔로여도 전혀 아깝지 않은 날들을
살고 있다. 그리고 이제는 누군가를 만나 눈이
뒤집혀 갑자기 결혼을 하거나 아이를 낳는
미래가 '일어날 수도 있겠다'고, 그 알 수 없는
가능성을 조심스레 열어둔다. 혼자일 땐 혼자여서,
둘일 땐 둘이서, 셋이면 셋이기 때문에 아깝지
않은, 충만한 인생. 그런 인생을 살고 싶다.

생선보다 과일을 좋아하는 고양이처럼

어느 날, 방 안에 '이상한' 모기가 들어왔다. 대개
방에 들어온 모기는 금세 배가 둥둥 불러 기어이
내 손바닥에 피를 철퍼덕 남기고 죽는다. 그런데
갈팡질팡 돌아다니던 그 모기는 나에게는 전혀
관심이 없어 보였다. '내가 왜 여길 들어왔지?' 하며
오히려 혼란스러워 보였다. 그리고 그 후로도 2~3일
동안 내 방에서 평화롭게 지내다가 떠났다.

예컨대 피를 싫어하는, 피보다 꿀을 좋아하는 모기가
있을까? 혹은 생선보다 과일을 좋아하는 고양이는?
나무 타기보다 수영을 배우고 싶은 원숭이는? 피를
싫어하는 그 모기는 친구들한테 놀림 받고 따돌림을
당할까? 과일쟁이 고양이는 비린 생선을 억지로
먹을 때가 있을까? 어느 엄마 원숭이는 "애야, 제발
나무 타는 연습 좀 하렴. 너를 사랑하니까, 니 미래를
위해서 하는 말이야"라고 타이르진 않을까?
"엄마, 나는 돌고래랑 놀고 싶단 말이에요!"

모기든 고양이든 원숭이든 사람이든 그 존재의

알맹이와 껍질이 서로 호응하지 않을 때, 또는 그
알맹이가 원하는 걸 사회는 '적합하지 않다' '옳지
않다'며 가로막거나 비난할 때, 외로움과 좌절의
무게는 굉장히 버거울 듯하다. 숨고 숨기기에 지친,
변명과 체념, 또는 싸움으로 상처 난 하루하루가
숨 막히고 절망스럽지 않을까. 정작 모기는 그냥
배가 불러서 (혹은 나처럼 생채식 중이라) 나한테
오지 않았을 수도 있지만, 어쨌든 그 모기 덕분에
내가 피보다 꿀을 즐기는 모기가 아닌지 이런저런
생각을 하게 됐다. 내가 정말 원하는 것, 나의
행복은 뭔지, 이런저런 생각을 하게 됐다. 나는 어떨
때 행복하다고 느낄까. 누군가 "다 너 잘되라고,

행복하라고 이러는 거야"라며 내 취향이나 의지를
뭉개려 할 때, 그게 말이 되는 소리인가.

이 사회는 자신의 행복을 스스로 찾고 만들어가는
거라고 그럴듯하게 말하지만, 사실은 규격화된
'행복 모델'을 전시하고 때로는 강요한다. 그런데 건강,
명예, 사랑, 재물, 돈 같은 '행복의 조건'을 모두 갖춘
사람이 행복하지 않다면? 질병, 비난, 배신, 가난 같은
'불행의 조건'을 얻고도 행복한 사람이 있다면?

물론 나와 가까운 사람이 아니라면 '이런 사람도
있더라' 하며 쉽게 넘기거나 약간 의아해하고
말 것 같다. 하지만 내 친구가, 가족이 그렇게
'비정상적(?)'이라면 걱정하면서 설득하거나 심지어
'당신 이상하다'고 따지지는 않을까? 그러고 보면
우리가 서로의 행복 그 자체를, 각자의 행복을
있는 그대로 인정하고 존중하는 경우가 그다지
많진 않은 것 같다. 행복할 권리가 있듯이 행복하지
않을 권리, 즉 불행할 권리도 있는 게 아닌지. 사실
우리가 사랑과 행복의 이름으로 하는 말과 행동이
공격적이고 강압적인 경우가 얼마나 많은지.

대학시절 청강했던 <성의 사회학> 수업에서 행복

또한 '사회적으로 구성'되며 행복은 우리가 관리하는 '감정 노동'이라는 이야기가 나온 적이 있다. 우리가 쉽게 떠올리는 행복의 조건들이 언제나 그와 대비되는 '불행의 조건'들을 만들어 낸다는 사실, 그리고 우리에게 '불행할 권리'도 있다는 말이 꽤 인상적이었다.

우리의 행복, 불행의 크기와 모양은 주변 사람들, 사회가 말하는 '행복 모델'에 의해 결정된다. 나는 다른 사람들의 기대에 부응, 부합하도록 내 행복을 구성하고 비교하며, 수정하고 다듬는다. 어쩌면 우리는 행복해 보이려고 행복해야 하는 데 익숙해진 게 아닐까. 그래서 나에게 분명히 불행처럼 보이는데, 정작 당사자는 그것을 행복으로 받아들일 때 우리는 혼란스러움, 불안함을 느끼는 것 같다. 그런 '기준이 다른 행복'이 존재한다는 사실만으로도 내 행복의 믿음, 뿌리, 더 나아가 내 일상 자체가 흔들릴까 봐 타인의 행복을 비난하고 공격하는 건 아닌지.

이는 행복뿐만이 아니라 각자 삶의 방식, 특정한 선택에도 해당한다. 내가 수술 대신 자연치료를 결정했을 때, 많은 사람이 내 건강에 대해 각자의 기준과 관점으로 걱정하고 조언했다. 고맙기도 하고 배운 부분도 많다. 하지만 때때로 어떤 사람들은 내가 '틀렸다'며 나를 '공격'했다. 그러나 그 사람들이 뭐라고 하든 내 결정은 내가 하는 것이다.

치열하게 단식을 하는 것, 몸에 불을 붙이며 뜸을 뜨는 것, 수술을 하고 '깔끔하게' 종양을 없애는 것, 수술 후의 부작용을 겪는 것, 때로 불량식품을 끊을 수 없어 힘들어 하는 것, 언제 자고 깰지, 먹고 먹지 않을지를 결정하는 것까지, 모두 내 몫이다. 그런 소소한 선택과 결정들이 나의 일생을 구성한다.

나는 가끔 다들 어떤 꿈을 꾸며 사는지, 지금 행복한지 궁금할 때가 있다(내가 좀 오지랖이 넓다). 분명한 건 우리 각자가 지닌 꿈과 행복의 무늬가 모두 다르다는 것이고, 남들이 보기엔 허기진 꿈, 행복을 먹고 살면서도 배부른 사람들이 있다는 것이다. 흔히 말하는 '잘 산다'의 기준은 모두에게 다르다.

어느 정도가 먹고살 만한 건지, 누구의 밥상이 더 낫거나 맛있는지 우리가 판단할 문제가 아니다. 저 밥상에 앉아 숟가락을 든 사람은 내가 아닌 그들이다. 이렇게 생각하면 어차피 '밥상'이 다른 타인들과의 비교나 질투가 조금 흐릿해지고, 배가 좀 덜 아프다. 물론 여전히 누군가의 '성취'를 진심으로 기뻐하고 축하하는 일이 어렵긴 하지만.

대부분의 사람이 행복하길 원하고 평생 행복을
추구하며 살아간다. 각자의 방식대로 '행복'이라는
잔을 찾는다. 그러나 그것이 달콤한 축배인지
쓰디쓴 독배인지 미리 알 수는 없다. 어떤 이의
독배를 누군가는 축배로 마신다. 또 나의 축배를
누군가는 독배 바라보듯 측은하게 여길 수도 있다.
결국 우리는 우리 앞에 있는 각자의 잔을 든다.
그래서 '행복의 모델'은 없다. 행복해 보이는 것과
행복한 것은 완전히 다르다. 누군가의 삶을 대신
살 수 없듯이 남의 행복을 내가 살아갈 수 없고,
또 타인에게 특정한 행복을 강요할 수도 없다.
그러니 더 이상 내가 남의 행복을 우러러보며
좇지 말고 행복에 나만의 무늬를 새겨가기를.

마음의 민낯

내 밥그릇을 앞에 두고 사랑하는 사람의 식탁을
떠올리고, 늦잠을 자서 정신없는 아침에도 그의
피곤한 얼굴을 떠올린다. 모처럼 만난 친구와 수다를
떨면서도 그가 마주한 사람이 더 궁금하다. 내
일상은 홍수처럼 그에게 잠겼다. 사랑 속에서 나는
나 자신을 잃어버렸다. '향기는 멀수록 맑다'던데
나는 도무지 사랑하는 사람에게서 멀 수가 없다.
늘 조바심이 생기고 안달이 났다. 모든 관계에
적당한 시간과 거리가 필요하단 걸, 헐레벌떡
달려가는 마음은 좀체 알아차리지 못했다.

애정인지 집착인지 당신 때문인지 나 때문인지
쏟아지는 감정에 휩쓸려 나를 할퀴던 아픈 시간들.
어리고 여려, 뭘 어떻게 해도 마음을 다스릴 수 없어
외롭고 괴로웠다. 한순간의 표정, 우리를 감싼 공기,
그의 말줄임표 하나에도 수십 번씩 천국과 진흙
구덩이를 통과했다. 버려진 헝겊처럼 너덜너덜해진
마음을 싸매며 이렇게 괴롭고 아픈 게 사랑일 리
없다고 생각했다. 어느 시인의 말처럼 나는 "너에게로
가는 길을 몰랐다". 엄연히 존재하는 관계의 권력구도

안에서 늘 더 많이 좋아하고 그만큼 억울했다. 그
기울어진 관계 안에서 때때로 서럽기까지 했다.

"누구에게나 마음의 쓰레기통이 하나씩 있는데,
너는 나를 그런 식으로 좋아하는 것 같아." 생애 첫
고백에 돌아온 날카로운 답변은 나를 내동댕이쳤다.
내 마음은 언제나 싱싱하게 펄떡이는데, 내 사랑이
이토록 뜨겁고 애틋한데, 그 표현이 감정의 쓰레기로
느껴진다고? 사랑의 상대가 잘못되었다는 답답함이
나를 억눌렀다. 하지만 시간이 흐르자 원망이 걷히고
마음의 찌꺼기들이 가라앉았다. 그러자 이제껏 보지

못한 나의 연애 패턴이 드러났다. 상대에게 내가
전부이길 바라는 마음 그리고 그 마음이 두렵고 버거워
언제나 도망갈 준비가 되어 있던 나. 더 많이 좋아하는
내가 약자라고, 나 혼자 애쓰다가 또 혼자가 되었다고.
손쉬운 이별의 '피해자 코스프레'를 하던 내가 사실은
겁쟁이에 비겁하기까지 했다는 사실을 인정하게 되었다.

역설적이게도 내 안의 비겁하고 찌질한 면을
인정하고 나니 오히려 마음이 담담하고 가벼워졌다.
움츠렸던 몸, 굽은 자세도 덩달아 많이 열리고
펴졌다. 잘 맞지 않아 불편했던 옷을 벗은 것처럼
몸의 움직임과 손짓, 표정도 당당하고 매력적으로

살아났다. 몸과 마음의 '태'가 변했다.

좋아하는 마음도 건강하게 유지해야 한다고, 한 친구는
말했다. 나 자신이 사랑스러운 충만함, 더 나은
사람이 되고 싶다는 마음. 그런 자극을 주고받는
관계. 그런 관계는 주어지는 게 아니라 함께
만드는 거다. 사랑 속에서 절룩거리며 헤매던
시간이 나를 조금씩 키웠다. 무언가로 인해 아프고
상처받는 건, 그 고통을 통해 내가 더 단단해지고
성장하고 싶다는 욕구의 발현일지도 모른다.

일상에서 내가 맺는 다양한 관계들은
어떤 상황에서 나를 병들게 했고, 또 어떤 순간 나를
치유하며 여물게 했나? 아픈 몸 덕분에
내 사랑의 표정들, 내 마음의 민낯을 헤집어본다.

사랑 속에서 절룩거리며 헤매던 시간이 나를 조금씩 키웠다.
무언가로 인해 아프고 상처받는 건, 그 고통을 통해 내가 더
단단해지고 성장하고 싶다는 욕구의 발현일지도 모른다.

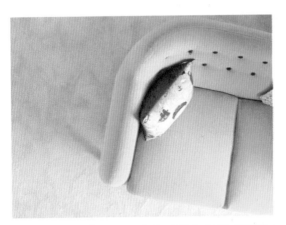

3

다 안다고 생각했던 나를 새롭게 만나면서 가깝고 먼,
나를 둘러싸고 있는 세계에 대해서도 돌아보게 됐다.

관계와 조건들 속에서 끊임없이 영향을
주고받으며 변화해온 나의 모습도 함께.

다시

만

난

세

계

유예된 인생

몇 년 전 배낭여행 중 만난 유럽 친구들과 교육, 대학에
관해 얘기를 나누다가 '한국의 고등학교 졸업생
대학 진학률이 80%가 넘는다'는 얘기가 나왔다.
그런데 그때 스위스 친구 마누엘이
이해할 수 없다는 표정으로 내게 물었다.
"왜 그렇게 많은 학생들이 대학에 가는 거야?"
이 얼마나 신선한 질문인지! 스위스에서는 대학공부를
하고 싶은 사람들만 대학에 가기 때문에 진학률이
낮은 편이라고 했다. 자신도 고등학교에서 인쇄기술을
배워 졸업 후 인쇄공장에 취직했는데, 몇 년 동안 일을
하다 보니 인쇄업보다 건축에 관심이 생겨서 직장을
그만뒀다고 한다. 지금은 2년 동안 베트남과 태국을
여행하며 '대나무 건축'을 배우고 있단다. 자신이 짓고
싶은 집, 자신의 미래에 관해 이야기하던 친구의 빛나던
얼굴. 지금 이 시간에도 명문대를 목표로 입시공부를
하고 있을 한국의 수많은 아이들이 떠올랐다.

왜? 무엇을 위해서? 정말 그 길밖에 없는 걸까?'

초등학교를 졸업할 즈음, 경쟁과 불안감을 부추기며
대학입시를 '우주 최강 목표'로 삼고 있는 정규교육이
아니라 자연 속에서 인생을 배우고 싶다는 막연한
소망을 품고 있었다. 그러다가 어느 작은 학교를
준비하시는 선생님의 아름다운 글 한 편이
계기가 되어 당시 공터뿐이던 학교의 교사모임을
찾아갔고, 그 인연이 이어져 남원의 한 대안학교에
입학하기로 결정했다. 부모님 역시 늘 비슷한 생각을
하고 계셨고 감사하게도 나의 선택을 지지하고
응원해주셨다. 아담한 컨테이너 두 개가 건물의
전부인 (물질적으로) 가난한 학교. 그래도 공립학교와
달리 수업료가 있었기 때문에 우리 집안 형편에
부담이었는데, 다행히 학교 측의 장학금 지원 혜택을
받은 덕분에 중등 과정을 잘 마칠 수 있었다.

대안학교에서 우리는 스스로 공동의 원칙과 약속을
정하고 지켰다. 서툴지만 밥과 빨래를 하고 배추를
심고 감자를 캐고 책상을 만들었다. 종종 무전여행도
떠났다. 많이 웃고 울고 뒹굴면서 행복한 3년이 흘렀다.

그리고 다시 선택의 기로에 섰다. 다른 대안학교와
홈스쿨링, 인문계 고등학교를 두고 고민하던 나는
'대안학교를 나와서 왜 굳이 일반학교로 가려

하느냐'는 부정적인 시선, '잘 적응하지 못할 거다'라는
주변의 걱정에도 불구하고 인문계 고등학교 진학을
결정했다. 대부분의 또래 친구들이 경험하는 학교생활,
한국의 공교육 시스템을 경험해보고 싶었기 때문이다.

중학교 시절을 소위 '비주류' 문화에서 보냈다면
고등학교 과정은 주류의 큰 흐름 속에 지내면서
한국의 공교육과 대안교육, 입시제도, 학벌전쟁을
두루 경험해보고 싶었다. 고등학교를 졸업하고 사회로
나갔을 때 그 '균형'을 기억하고 살아나가기를 바랐다,
는 것은 표면적인 대답. 누가 또 같은 질문을 할 때
(하도 반복돼서) 줄줄 나오던 좀 재수 없는 대답이었고,
'수능을 위한 3년? 한번 해보지 뭐. 명문대? 그래,
까짓것 내가 못 갈 게 뭐야!' 하는 치기 어린 마음이
컸음을 오랜 시간이 흐른 뒤에야 인정하게 되었다.

운이 좋아서 검정고시 점수가 꽤 높게 나왔고, 야자를
마치면 시골집에 가는 마지막 버스 타기도 빠듯한
고향의 인문계 고등학교 대신 아예 기숙사 생활을
하는, 나름의 개성이 있는 자립형 사립고에 진학했다.
그런데 첫 모의고사 날, 채점이 끝나고 교실 벽에
각자의 점수와 등수가 붙었는데 울음을 터뜨리는
친구들이 여럿 보였다. 나야 뭐, 당연히 꼴등을

예상하고 입학했지만 중학교를 전교 상위권으로
졸업한 아이들에게는 두 자리, 세 자리 등수가 큰
충격이었던 것이다. 하지만 어쩌나, 그런 우등생들이
모인 이곳에서도 1등부터 100등까지 줄 세워질
수밖에 없는걸. 새로 사귄 친구들의 벌건 눈망울을
보면서 머릿속에 종소리가 들려왔다. '여긴 어디,
나는 누구?' '이상한 나라'에 온 것 같은 낯섦과
애잔함을 느꼈다. 이후 감긴 눈으로 커피 가루를
씹어 먹는 친구, 잠 깨려고 자기 뺨을 때리던 친구,
시험기간 동안 눈 밑에 치약이나 물파스를 바르는
친구들의 모습을 보는 것이 우울하고 안쓰러웠다.

그러나 한편으론 목표에 대해 반문하지 않고,
심지어 회의가 든다 할지라도 그 '부정합'의 상태를
다스리면서 달려가는 친구들이 대단해 보이기도
했다. 솔직히 부럽기도 했고. 차근차근 '정석'을
밟아 내신, 수능 학습의 기본이 탄탄한, 게다가
성실하고 인내심 강한 친구들. 반면 3년, 아니 16년을
내리 놀다가 어쩌다 괜찮게 나온 (아주 '기초적인'
난이도의) 검정고시 점수로 이 학교에 온 나. 특히
수학, 과학의 기본이 '실종'되어 있던 나(내가 다닌
중학교의 문제가 아니라 내가 '담쌓고' 지낸 시간이 그
이유였다). 게으르고 기분파에다 의지력도 비리비리.

친구들과 나는 서로 다른 세상에 있는 것 같았다.

그래도 한번 덤벼보자, 호기롭게 뛰어들었던 나의
자신감은 뜨거운 물에 각설탕 녹듯 사라졌다.
'불그스름한 둥근 달, 이런 날 야자를 시키는 건 범죄야'
같은 오글거리는 문장을 일기장에 휘갈겨 쓰고는 야자,
보충수업 시간에 강변을 쏘다녔다. 그러나 사실은 그
방황조차 흠뻑 느끼지도 못한 채 나의 주체 안 되는
역마살과 증발해버린 끈기를 괴로워하던 중이었다.

나라 전체를 술렁이게 하는 빅이벤트, 수능 날엔
근거 없는 '마지막 한 방'을 바랐지만 결과는 너무나
정직했다. 대학진학 여부를 고민하다가 언론,
광고, 사회, 글쓰기 등 다양한 분야를 배워보자는
마음으로 어느 대학 신문방송학과에 입학했다.

대학에 입학했지만 대학의 '지성'이라는 것,
그곳에서의 배움에 대한 회의가 지속됐다. 내가
궁금하고 '배우고 싶은 것들'은 졸업과 장학금을
위해 '내가 해야 하는 것들'에 점점 더 밀려났다.
겨우 신입생 딱지를 떼고 여행을 떠났다. 1년 동안
아르바이트를 하며 악착같이 모은 돈, 전부를 가지고
딱 1년만 있다가 돌아오자 생각하고 떠났다. 그로부터

약 2년 반의 시간이 흘러 한국에 돌아왔다.
복학하고선 간신히 한 학기를 더 머물렀다. 나를
억지로 달래고 설득하며 꾸역꾸역 견뎠다.

결국 이건 아니다, 온몸으로 깨닫고 나서야 자퇴를
결정했다. 언젠가 꼭 배우고 싶은 게 생겨 대학이나
다른 교육기관에 갈 수도 있겠지만, 그 당시에는
대학보다 세상 속에서 더 많이 경험하고 배우고 싶었다.

요즘 생각해보면 삶을 배우는 길, 그 방법에 대한
고민은 평생 이어지는 것 같다. 사실 자유로운
대안학교를 다녔다고 인생을 쏟아부을 꿈이나 목표를
찾지도 못했고, 대학을 그만뒀다고 해서 학벌주의
따위 가볍게 무시하고 세상에 맞설 빵빵한 베짱이나
탄탄한 실력을 갖춘 것도 아니다. 다만 계속 고민하고
의심하고 질문하면서 나와 세상을 배워가는 중이다.

10년에 가까운 의무교육 과정을 거치고 나서도
그보다 더 긴, '의무가 아니지만 의무로 느껴지는'
교육 과정을 통해 우리가 배우고 얻는 것은 무엇일까.
우리가 교육을 받는 이유는 결국 '더 나은 삶'을
위한 게 아닌가. 과연 이 교육을 통해 내 삶이 더
나아지고 있는 걸까. 이 교육이 내 삶 전반에 걸쳐

이어지는 '공부'와는 어떤 연관이 있을까. 이런
질문을 던질수록 자꾸 회의가 들고 힘이 빠진다.

어디서든 내가 왜, 무엇 때문에 이 교육을 받고 공부를
하는지 명확하게 아는 것이 중요하다. 내가 정말 어떤
공부를 하고 싶은지 기억하고 지금 내가 경험하고 있는
공부, 교육에 대한 근원적인 질문을 놓지 않아야 한다.

주위를 둘러보면 돈 있는 사람들, '비싼 교육'을
받은 사람들과 그렇지 않은 대다수 사람들 간의
'악순환'이 반복된다. 부의 세습과 교육, 권력의 세습.

막막하게 느껴지는 취업과 생존의 문제가 우리나라
교육 그리고 입시제도와 맞물려 돌아가고 있다.
변하려면 상당히 오랜 시간이 걸릴 듯한, 끝없는
실타래가 얽히고설킨 한국의 교육 현실……

너도나도 대졸, 고스펙인 학벌중심 사회. 어떻게든
그렇게 되고자 돌진하는 사회. 그러나 누구도
만족하지 않는, 도무지 경쟁의 끝이 보이지 않는 사회.
밤늦게 무거운 가방을 메고 그보다 더 무거워 보이는
발걸음으로 집에 가는 아이들을 보면 안타깝다.
학원비나 학비를 대기 위해 점점 더 지치고 고단해지는
학부모들의 일상도 씁쓸하긴 마찬가지다.

몇 년 뒤에도, 그 후에도 쉽게 변하지 않겠구나 싶어서.

우리는 치열함과 처절함의 경계를 넘나들며 살고
있는 건 아닐까. 어떤 방식으로든 자신의 생존을 위해
치열하지 않은 존재는 없다. 다만 모두의 생김새, 꿈이
다르듯 그 치열함의 방식은 조금씩 달라야 하지 않을까.

생존에 대한 불안은 그야말로 '영혼을 잠식한다'.
특히 청년 세대에게 '실험'이나 '도전'은 무모함이나
사치로 느껴질 때가 많다. 실패와 좌절을 했을 때
다시 일어서는 법, 그걸 통해 삶을 배울 기회를 점점
잃어가는 게 아닐까. 쉼표와 멈춤의 신호가 없는 길
위에 던져진 우리. 오늘은 내일을 위해 유예된다.

주위를 둘러보면 모두 전력질주만 하는 것 같다.
나만 멈춰 있을 수 없으니까. 나만 뒤처질 수
없으니까. 그저 멈출 수 없으니까 멈출 수 없다.
당장 일을 그만두거나 삶의 궤도를 바꾸진 못해도
잠깐 멈춰서 (가능하면 병이나 몸의 이상을 발견하기
전에) 질문해보면 좋겠다. 이렇게 쌓이다가 결국
'나중'이 될, 희생당하고 있는 우리의 오늘에 대해.

언젠가 고등학교 자퇴 후 영상작업을 하고
이런저런 행사를 기획하며 신나게 살고 있는 친구
한 명이 이런 현실을 안타까워하며 중얼거렸다.
"어차피 '대졸이냐, 아니냐'로 분류되고 평가받는데
차라리 완전 특성 있게 중학교 졸업 검정고시도
안 칠 걸 그랬어, 초졸(초등학교 졸업)할걸."
함께 있던 다른 친구가 "그럼, 유졸(유치원
졸업)이나 어중퇴(어린이집 중퇴)는 어때?"라고
받아쳤다. 낄낄거리는 웃음으로 펼쳐진 우리의
이야기는 나중에 비슷한 생각을 가진 사람들이
모여 '자졸 커뮤니티'를 만들면 좋겠다며
마무리되었다. 이름하여 '자궁 졸업 커뮤니티'.
누구에게나 행복을 약속할 수 있는 삶의 모델이
있을까. 우리는 모두 저마다의 생김새로 살아가고
있는데 말이다. 혹여 비슷한 목표로 달려왔더라도
저마다 '당도한 미래'는 다를 것이다.
각자의 취향과 필요에 따라 자신만의 속도대로
익혀야 할 것들, 꼭 배우고 싶은 것들, 그리고 서로를,
삶을 배우고 익혀가는 세상. 그래도 충분히 생존할
수 있는 세상. 조금 아득하게 상상해본다.

어쩌면 우린, 같은 페이지

그렇게 서른이 되었다. 이룬 것 하나 없이.

취업, 결혼이 그다지도 어렵다던데 엄마의 친구 아들,
딸들은 어떻게 임용고시도 붙고 승진도 빠르고
부모님 용돈도 척척 드리면서 결혼까지 할까. 엄마는
전혀 부럽다거나 부담 주려는 말투가 아니었지만
그들의 소식을 전해 듣는 것만으로도 가슴 한쪽이
답답하다. 내 일인 양 기뻐하시는 엄마와 달리
나만 뒤처지고 모자란 것 같아 온전하게 축하하기
어려웠다. 그들의 성취가, 행운이 기쁘지만은 않았다.

나는 찌질함과 구차함조차 감정이 가진 다양한
'결'이라고 생각했다. 내가 느끼는 감정과 결정에
언제나 당당하고 싶었다. 그런데 요즘 들어
유난히 막막하고 '길을 잃은' 듯한 느낌이 든다.

이제는 예전처럼 아무 데서나 자고 아무거나 먹으며
지식과 기술의 부족함을 몸으로 '때우던' 시기를
반복하고 싶지 않은데. 모아둔 돈이나 숨겨둔 실력 따위
없고 이 총체적 난국을 벗어날 길도 보이지 않는다.

'적은 돈으로도 행복하게 살면 되지 뭐' 생각하지만
우선 독립해서 생활할 작은 공간조차 없다. 또한
나를 잃지 않으면서 최소한의 생활을 유지할
수 있는 길이란 게 있을까, 회의가 든다.

나는 한국사회 시스템에서 승승장구하고 있는
엄친아, 엄친딸처럼 될 수 없고 되고 싶지도 않다.
땀 흘려 자급자족하고 확고한 철학으로 '자연을
닮은 삶'을 꾸려나가는 친구들처럼 살 자신도 없다.
이도 저도 아닌 길 위에서, 이쪽저쪽 힐끔거리며
시간은 잘 갔고 이제 서른 살을 맞이했다.
나이는 사회가 정한 숫자일 뿐이라고 모두의 속도와
시간 개념은 다르다고 생각하면서도, 딱 서른이
되니 조급하고 막막하게 느껴지는 건 사실이다.

나도 너만큼 되는데, 나도 너처럼 할 수 있는데.
혹은 내가 너보다 나은데, 나는 특별한데.

누구나 사는 만큼 살고 싶은, '평균'이나 '평범'한
삶에 대한 욕망. 한편으로는 그 평범함을 거부하고
특별한 인생, 특별한 사람이고 싶은 모순.

부질없는 줄 알면서도 끊임없이 반복하는 비교와

자기비하 같은 내 안의 모순성은 또 어떠한가.
누구네 아파트 평수, 남이 산 비싼 옷, 남들만큼
폼 나는 차, 남들처럼 화려한 스펙……
징그러운 '보편성'에 길들지 말자고 다짐하면서도
어느새 익숙해진 관성, 유행이나 '대세'에
따르는 내 모습을 만난다. 다중적으로 꼬이고
심심하고 괴팍하고 성급한 나. 도무지 깔끔하게
설명되지 않는다. 횡설수설 갈팡질팡 우왕좌왕.
하고자 하는 말이 뭔지 당최 짐작도 할 수
없는, 불친절하고 난감한 개떡 같은 이야기.

깊은 새벽, 다른 사람들도 나처럼 처량한 유행가
가사를 자조적으로 되뇌는 순간이 있을까? 괜스레 다른
사람들의 출·퇴근길, 느긋한 주말 아침을 떠올려본다.
그들이 마감하는 하루의 끝은 어떤 모습일까.

종종 지하철에서 마주치는 마른 눈빛에 '무슨 일이냐'
말을 건네고 싶은 순간이 있다. 나도 비슷하다고,
비굴하고 한심해서, 정말 모든 게 다 후지고 엿 같아서
견딜 수가 없다고. 근데, 견딜 수 없는데 어쩔 수 없을
때가 있다고. 모르는 사람 부여잡고 꺼이꺼이 신세
한탄하고 싶을 때도 있다. 당신도 그럴 때가 있는지.

TV도 인터넷도 없이, 거의 모든 사람들과 연락을
끊고 지내던 치료기간 동안 어쩌면 그들만 '잘나고'
나만 '못난 게' 아니라 우리 안에 부족하고 민망한
부분들은 모두 비슷한 게 아닐까 싶은 생각이 들었다.
한 걸음 떨어져서 바라보면 우리의 일상은, 일상
속의 우리는 서로 많이 닮아 있더라. 그런 의미에서
다른 사람을 만나고 얘기 나누고 경험하는 시간은
결국 나 자신을 만나고 경험하는 과정이었다.

외국계 회사 최연소 과장이 된 명훈 오빠는 빠른
승진만큼 빠르게 배가 나와 건강이 걱정된단다. 날
혼내던 직장 상사는 몇 달 동안 매번 이사한 집을
찾아 헤매는 '중증 길치'이고 나를 주눅 들게 하는
그 '잘난' 이들도 이혼을 고민하고 출산과 육아의
막막함을 느끼며 때려치우고 싶은 직장을 참고 산다.
내가 이렇게 살아도 되나 고민하면서 이미 선택한
길에 대한 후회를 덮어두기도 한다. 누군가는 여행하고
노래하며 지내는 내 일상을 꿈꾸고 부러워한다는
사실. 또 막상 나는, 다른 누구의 일상을 상상하느라
내 일상을 그만큼 놓치고 있었다는 사실을 깨닫는다.

재벌 가문의 외동아들이나 동굴 속에서 참선하는
스님들도 나처럼 똑같이 느낄 게 분명한 외로움은 또

어떤가. 현대인에게, 어쩌면 그 이전부터 모든 생물에
알알이 박혀 있는 지독한 외로움. 우리 세포 구석구석에
외로움의 인자가 흐르고 있다는 말에 많은 사람들이
동의하지 않을까. 어떻게 하면, 도대체 어떻게 하면 조금
덜 외로울 수 있을까, 덜 쓰라릴 수 있을까, 그래서 덜
흐느낄 수 있을까. 어쩌면 우리는 많은 사람들 속에서,
그리고 사랑하는 사람이 곁에 있을 때조차 여전히
외로움에 부대끼고 흐느끼며 살아가는지도 모른다.

몸과 마음이 아프면서 신경이 예민해지고 나를
둘러싼 상황과 내 부족함에 답답함과 화가
난 적이 많다. 쉽게 깨지고 멍들던 그 시기에
'남들도 나랑 비슷하구나. 다들 서툴고 외롭고
아프게, 각자의 길 위에서 헤매는 중이구나'라는
막연한 느낌이 내 어깨를 툭툭 두드려줬다.

모두가 쉽지 않은 인생 한 페이지를 넘기고
있다는 사실이, 내겐 큰 위안이었다.

스트레스가 변명이라고?

"It's all about stress(모든 건 스트레스 때문이야)."

태국 북부 지역의 정글에 살고 있는 샤먼 친구
사시가 말했다. 그는 이십여 년 전부터 아시아,
남미 곳곳을 다니며 대체의학, 샤머니즘을 배우고
익혔다. 지금은 태국뿐만 아니라 세계 곳곳에서
그를 찾아오는, 병들고 아픈 사람들의 이야기를
들으며 대부분의 시간을 보낸다. 그가 생각하기에
어떤 병이든 근본적인 원인은 스트레스인 것 같단다.
내가 검사·진단을 받았던 두 곳의 대학병원, 한
곳의 대체의학 의원에서도 '스트레스'가 종양의 가장
큰 요인이라고 했다. 각종 미디어, 사람들의 대화
속에 빠지지 않고 등장하는 단골손님, 스트레스.

어느 행사 진행자가 한국인이 가장 많이 사용하는
영어 단어가 '스트레스'라며 넉살스럽게 말했다.
아무튼 스트레스라는 단어, 개념이 우리 삶
깊숙이 파고들었다는 건 분명한 사실이다. 피하고
싶은데 자꾸 마주치는 원수, 부담스럽게 마구
들이대는데 마냥 외면할 수 없는 '언짢은 지인'

같은 스트레스. 생각해보면 지난 몇 년간 내가
느꼈던 불만, 불편함, 피로, 종양의 원인은 모두
스트레스다. '그래, 이게 다 스트레스 때문이야!'

나는 돈을 벌기 위해 하기 싫은 일을 억지로 하면서
스트레스를 받았다. 대형마트에서 캐셔로 일했을
때 계산대 앞에 서서 계산을 하노라면 사람들의 밤
풍경이, 주말 생활이 보였다. 와인, 장난감, 시금치,
욕실슬리퍼, 오렌지주스, 열대어, 기저귀, 두부 따위의
바코드를 쉼 없이 찍으며 내가 사이보그로 느껴졌다.
"안녕하세요"가 아닌 "안녕하십니까"를, 그것도 최대한
'부드럽게' 입에 붙이는 데도 상당히 오랜 시간이
걸렸다. 그러다가 웃는 게 웃는 게 아닌, 그저 안면
근육이 저 혼자 움직이는 기계적인 '웃음'을 만들어내는
나를 보는 순간. 일상 속에서도 그 '웃음'이 나도 모르게
이어진다는 사실을 눈치챈 순간.
그 모든 순간이 참혹했다.
촉박한 마감 시간에 맞추느라 입술을 깨물어
잠을 쫓으며 한 글자라도 더 받아 적으려던 녹취
아르바이트. 온갖 욕을 듣고 무시당하면서 최소한의
방어나 분노도 드러낼 수 없었던 전화 설문 알바.
겉으로 보면 사소해 보이는 일들이 사실상 우리의
일상을 지탱해주는 노동인 경우가 많다. 하지만

이런 노동을 하는 이들의 인격이나 감정은 존중받지
못한다. 제대로 쉴 공간, 밥을 먹을 시간, 잘 시간, 의사
표현을 할 권리 등 기본적인 인권마저 모욕당한다.

나는 온몸으로 스트레스를 느꼈다. '아, 돈을 벌기
위해 이렇게 평생 살지는 못하겠다' '적게 벌어도
내가 좋아하는 일, 즐거운 일을 해야 되겠어.'
하지만 그런 일이 많지도 않을뿐더러 아무리
적게 벌어도 괜찮다고 마음먹었더라도, 그 액수가
터무니없이 적은 경우가 대부분이었다.

각종 아르바이트를 경험하고 처음으로 입사한
풀타임 직장에서 멋진 동료들과 재미있는,
사회적으로도 의미 있는 일을 하면서 즐겁게
지냈다. 하지만 이게 웬일인가. 딱 내 일이라고
생각하고 입사했던 그곳에서도 스트레스가 점점
더 늘어갔다. '좋은' 일이기는 하지만 일손이 부족해
야근, 재택근무가 반복되었다. 쉬고 싶다는 생각을
애서 접고 억누르며 자신을 어르고 달랬다. 생활이
고되고 지치니 회사 입장에서는 '반가운 일정'이 내
몸에는 '몹쓸 일정'으로 느껴지는 때도 많았다.

한편으론 사회적 관계에 서툴고 좋은 동료보다 좋은

친구이고 싶은 마음이 커서 혼란스럽고 피곤했다.
동료들과의 갈등 속에서 나의 바닥 또는 바닥에 가까운
언저리를 마주하는 순간이 잦아졌다. 내가 이 정도밖에
안 되나. 이런 날카로움과 유치함, 옅은 인간성을
지닌 사람이었나. 게다가 그걸 끝까지 못 참고 이렇게
홀라당 드러내버리는 사람이었나, 싶어서 괴로웠다.

함께 열심히 연습하고 선보이는 공연도 매력 있었지만
내 노래를 창작하고 개인적으로 활동하고 싶은 욕구가
미뤄놓은 숙제처럼 남아 있었다. 늦게까지 업무를
끝낸 어느 새벽. 난데없는 먹먹함이 밀려왔다. 내

존재가 희미하게 흐려지고 지워져가는 느낌이었다.
옆에 잠든 오빠가 깰까 봐 이불로 입을 틀어막고 밤새
울었다. 누구의 탓도 아니었지만 그래서 더 서럽고
처연했던 밤. 회사 생활을 좋아하면서도 지독한 허기와
채워지지 않는 갈증이 느껴지던 날들. 나의 멘탈
곡선이 가파르게 오르락내리락했다. 나 자신이 바싹
마르고 쪼그라들어 마치 건포도가 된 느낌이었다.
내가 원하는 건 탱글탱글한 포도알, 봉긋한 자두알,
보드라운 복숭아, 상큼한 레몬, 통쾌한 수박 같은
것인데……. 자신감, 자존감이 나락으로 떨어졌다.

프로젝트를 진행하는 과정에서는 '아니 땐 굴뚝에

연기'가 날 때도 있었다. '내가 그 불을 땠다'는
오해는 물론 오해에서만 그치지 않고 번거로운
파장과 수습의 과정을 만들어냈다.

"아, 스트레쓰!!"

그래도 내 몸속 덩어리의 존재를 알고 갑자기 일을
그만두게 되기 전까지 약 2년 반 동안 '월급은 적더라도
내가 행복한 일'을 했다. 실수나 실패도 어느 정도
지켜봐주는, '실수의 기회'를 이해하는 개방적인
운영진과 소통하며 일했다. 나를 팡팡 웃게 만드는,
힘들 때도 내 찡그림과 한숨을 녹여주던 동료들이 곁에
있었다. 참 복 받았다고 생각한다. 그런데 이렇게 멋진
직장에 일하면서도 스트레스는 존재하더라. 세상에나!
스트레스와 나는 떼려야 뗄 수 없는, 서로의 운명인가?

종양 진단을 받고 눈에 보이거나 손에 잡히지
않는, 정확한 모양도 형체도 없는 이 '스트레스'를
원망하며 지냈다. 그래서 준배 오빠가 "예슬아,
종양이 스트레스 때문에 생겼다고? '스트레스'는
말이 안 되는 거야, 그냥 변명이야. 어떤 상황에서든
내가 받지 않으면 그만인 건데! 아무것도 아닌 거야!"
했을 때 "네······"라고 대답하면서도 속으로는
받아들이기 힘들었다. '쳇, 자기 일 아니니까 쉽게

말하지. 그럼 이 불쾌감, 불편함, 두통, 변비, 종양은
다 어디서 오는 거야? 스트레스가 변명이라니!'

그런데 일을 정리하고 치료에 집중하면서
전혀 스트레스 받을 게 없는, 여유롭고 게으른
백수생활을 하는 와중에 '탈수 안 되는 세탁기',
'무뎌진 부엌칼' 따위의 별거 아닌 사소한 일에도
꽤 심각하게 스트레스 받고 짜증내는 나를 보면서
스트레스에 대한 생각이 변하기 시작했다.

예전에는 스트레스를 내가 어떻게 손쓸 수 없는
'주어진 것', '외부적인 조건'으로만 생각하고 없애고
짓누르려 애썼다. 스트레스 때문에 스트레스를
받았다. 그런데 사실 스트레스는 외부적인 조건이
아니라 내 마음가짐이 만드는 내부적인 상태였다.
같은 상황이라도 내 관심을 어디에, 어느 정도
두느냐에 따라 스트레스를 받기도, 안 받기도 하더라.
그에 따라 스트레스의 강도나 빈도도 달라졌다.
탈수가 됐다 안 됐다 하는 고장 난 세탁기에 온갖
신경질을 다 내다가도, 그냥 안 된다 생각하고
빨래를 하니 우연히 탈수가 잘 되면 보너스를 얻은
것처럼 기뻤고 물이 좔좔 흐르는 청바지를 짜면서도
별로 열 받지 않았다. 사소한 일이든 큰일이든

스트레스가 생기고 부풀어 오르는 경로는 비슷하다.

나에게 일어나는 일들, 주어진 조건·상황들이 늘
내 마음 같지는 않다(사실 내 맘 같을 때가 거의
없다). '피할 수 없으면 즐기라'고 폼 잡으며 말하지만
사실은 피할 수도 없고 즐길 수도 없는 일들이 인생엔
퍽 많다. 하지만 그런 상황들이 반드시 스트레스를
'1+1'으로 데려오는 건 아니라는 사실을 깨달았다.
어떤 상황, 상대를 만나든 스트레스를 조각하고
그 크기를 키워가는 건 결국 나 자신이었다.

그 사실을 알아챈 후로는 상황 자체보다 내가
어디에, 얼마나 신경 쓰는지 살피는 때가
늘어났다. 없(어도 되)는 스트레스를 어떻게든
찾아내던, 그러고는 개미 똥만 한 스트레스를
코끼리 똥으로, 그 똥을 싼 코끼리로, 코끼리가
거니는 사바나 초원으로 증폭시키던 나.

인정하기 싫은 맘이 남아 있지만
이제 어느 정도는 수긍한다.
"그래, 스트레스는 변명이다."

모든 게 스트레스 때문이라고 말했던 친구, 사시도

"스트레스를 만들고 키우는 건 너 자신이야"라는 말을
생략했던 게 아닐까. 여전히 나를 돌아보기보다
남 탓, 주변 탓, 환경 탓하기에 익숙한 나.
앞으로는 '스트레스'라는 간편한 변명을 써먹을 때
내 머릿속에 장난스럽게 놀리는 소리가
들려올지도 모르겠다.
"변명이지롱, 변명이지롱." 그 '옳은'
소리에는 별로, 스트레스 받지 않길.

○

돈. 돈. 돈.

작년 말 가까운 친구 한 명이 은행에 취직했다.
월급을 많이 받겠다며 부러워하는 친구들이
여럿 있었다. 하지만 나와 둘이서 따로 만난
그 친구는 공허한 표정으로 말했다.
"취직 못 한 애들한테는 차마 말 못했는데, 진짜
이건 아닌 것 같다는 생각이 들 때가 많아. 은행이
왜 돈을 많이 주는지 알겠더라. 내가 이 일을
평생 해야 하나. 벌써 지치고 질려버렸어."
취직 후 씀씀이도 커졌고 매달 제법 큰 액수의
월급이 들어와도 카드값, 월세, 학자금 대출
이자까지 떨어져나가면 남는 돈이 별로 없단다.
나가는 돈을 생각하면, 이제 그만둘 엄두도 나지
않는다고 했다. 핼쑥한 얼굴 위로 그늘이 졌다.

몇 년 전 어느 워크숍에서 만난 어느 참가자는 이렇게
말했다. "나는 일단 이 비싼 워크숍에 왔고, 이게
똥이라도 금으로 믿게 해야 돼요." 돈과 시간이 이미
투자됐으니 이게 똥일지라도 금으로 믿어야 하는 상황.

어쩌면 우리는 이렇게 인생을 살고 있는 게 아닐까.

이미 돈을 좇아 달리고 있으니까. 어차피 모두의
목적이 돈인 것이 자명해 보이니까. 그것이 설사
똥이라고 해도 금으로 믿으면서(쓰고 보니 생명을
순환시키는 똥을 비하한 것 같아 좀 마음에 걸리지만).

돈이 시작과 끝인, 돈에 의해 빙빙 돌아가는 '돈
세상!' 돈 얘기를 하며 열 올려보지 않은, 돈을
떠올리며 한숨 쉬어보지 않은, 돈 때문에 얼빠진
적 없는 사람이 있을까. 돈이 있는데 없는 척,
없는데 있는 척해보지 않은 사람은 몇이나 될까.

고된 아르바이트를 끊을 수 없는 청년들, 사표를 품에
넣고 출근하는 직장인들, 그렇게 다들 버티는 이유가
'돈'이라는 현실이다. 원하든 원치 않든 '돈 세상'의
권력구조는 이따금 모든 의지를 상실할 정도로
강건하다. 돈에 대한 사람들의 태도도 모순적으로
복잡하게 뒤섞여 있다. 개개인의 마음속에도,
내 안에도 그런 다중성이 엉겨 있다.

종양 진단을 받고 거의 반년 동안 보험회사와
보험금을 가지고 씨름했다. 나는 사실 오랫동안
보험을 불신했다. 미래의 불확실함과 두려움을
자극해서 돈 버는 장사라며 보험을 들지 않았다.

그런데 혹시 내가 아프고 병원비가 필요하면 부모님이
집을 팔아서라도 돈을 마련하실 거란 생각이 들어
저렴한 보험 하나를 들었다. 다행인지 불행인지
보험을 든 지 1년 정도가 지나서 종양 진단을 받았고,
진단비가 나온다면 그 돈이 갑자기 끊긴 월급 대신
치료비와 생활비에 큰 보탬이 될 게 분명했다.

하지만 보험회사는 곧 돈을 줄 것처럼 말하면서
계속 말을 바꿨다. 애초에 '개복수술을 받지 않으면
지급이 불가능하다'고 했다면, 아예 마음을 접었을
일. 거듭 병원에 가서 몇 시간씩 기다리고 검사,
상담을 받게 만드는 상황은 나를 점점 더 초라하고
처량하게 만들었다. 대형병원은 언제나 아픈 사람들로
넘쳐나고, 종일 이리저리 밀려다니면서 걸레 짜듯
기운이 쫙쫙 빠졌다. 그런 시간을 견디고 나서도 매번
돌아오는 결과는 당장 수술날짜를 잡아야 한다는
말뿐. 차라리 보험이 없었으면 싶을 때도 많았다.

말은 '진단비'인데 개복수술을 하지 않는 이상
항암치료나 방사선요법 등 특정 치료를 받아야
진단으로 인정한다는 것도 황당했다. 개복수술을
못 하겠다면 조직검사 대신 전이 위험이 있어
대부분의 의사가 피하는 검사를 하라고

권하기도 했다. 생명과 건강이 제일 우선인데,
누구든지 고심해서 자기에게 가장 효과적이고
적합한 검사, 치료 방법을 선택하지 않을까?

대체의학을 치료법으로 인정하지 않는 보험회사의
입장은 그렇다 쳐도, 나를 일종의 '보험 사기꾼'으로
간주하는 듯 느껴져서 어이없고 화나는 순간도 있었다.
"이 진단서를 어떻게 받아오셨는지는 모르겠지만……."
마치 내가 거짓 진단서를 만들어 온 것처럼 (예의 바른
말투로) 던지는 배려 없는 말들. 만약 의심이 든다 해도,
보험사기를 찾거나 밝혀내는 게 자기 일이라고 해도,

최소한 환자 앞에서 티는 내지 말아야 하는 거 아닌가.

면담 차트, 정부에 제출하는 진단서에는 '악성
종양'이라 표기하고 '보험회사 제출용' 소견서에는
질병 분류기호를 '양성 종양'으로 변경해서 표기했던
의사도 이해하기 어려웠다. 어떻게 아무런 추가 면담,
검사도 없이 지난번과 다른 소견을 쓰셨는지 여쭤봤다.
'보험회사에 전문의 출신들이 과별로 백 명 이상
있다. 우리 병원에도 매년 진단서 등을 확인하러
온다'며 (별로 궁금하지도 않은) 보험회사의 내부
상황과 '위력'에 대한 이야기만 몇 분 동안 늘어놨다.

보험회사들이 정말 광고처럼 '환자의 입장에서
생각'하고, '고객이 어려울 때 힘이 될' 목적으로
설립되고 존재하는 곳이 아니란 건 너무나 잘
안다. '이윤창출'을 최우선으로 하는 '기업'이니까.
하지만 경제적으로 어려운 상황, 심리적·육체적으로
아프고 약한 상황, 무엇보다 스트레스가 가장 큰
위협이 되는 상황 속에서 보험회사와 대응하는 모든
과정이 큰 스트레스로 다가온 게 무척 힘겨웠다.
나보다 더 고단하고 어려운 사람들도 비슷한
과정을 거칠 거란 생각에 안타깝기도 하고.

몇 번이나 병원에 가고 보험회사 담당자를 만나고
통화를 하고 온갖 신경을 쓰다가 시골로 내려오기로
한 후에야 보험금에 대한 마음을 비웠다. 좀 더
일찍 포기할 걸 싶기도 했다. 무엇보다 나 자신이
'돈'과 '건강'을 저울 위에 얹고 잔뜩 스트레스를
받은 건 아닌지. '진단만 악성으로 나오고 많이
심각하진 않아서 금방 나으면 좋겠다'는 개념 없는
생각도 돈에 대한 '한 방' 욕심 때문이지 않았을까.
이런 상황들 속에서는 돈이 나를 부리더라.

나는 내가 돈이 없어서 이런 어려움, 스트레스가 생기는
줄 알았다. '돈이 많다면야 뭐, 신나게 쓰기만 하면

되지'라고 생각했다. 그러나 돈은 있는 자에게도 없는
자에게도 차별 없이(!) 그 값을 치르게 하는 것 같다.
당연한 얘기지만 돈이 많다고 삶의 질이나 행복이
보장되는 건 아니다. 오히려 가진 걸 잃을까 봐
주변 사람들을 의심하고 경계한다든지 쌓인 돈이
사라질까 봐 신경을 곤두세우고 불안에 떨며
지내는 사람들도 있다. 가진 돈을 지키고 불리기
위해 자신의 시간과 에너지를 쏟아부으며
멈출 수 없이 달리는 사람들도 많고.

우리 동네는 사십여 가구가 가족처럼 모여 사는
시골 마을인데, 최근에 도시에서 큰 저택을 지어
이사 오는 부자들이 늘어나고 있다. 언젠가 이장님이
통지서를 전달하려고 이사 온 집 앞에서 기웃거리니
"도둑이 왔습니다, 도둑이 왔습니다." 경보음이
울려서 당황스러웠다며 절레절레 고개를 흔드셨다.
부부만 사는 가정집인데 감시 카메라가 몇 대나
설치돼 있더란다. 아, 듣기만 해도 피곤하다. 평화로운
시골 마을에 쌓아 올린 그 안팎의 '철옹성'.

'나는 산다(buying) 고로 나는 산다(living).' 우리는
이 명제를 열렬히 믿으면서 살고 있는 건 아닐까. 벌고
더 벌고, 사고 또 사면서도 충족되지 않는 갈증을
느끼면서. 억지로 돈을 버는 스트레스 못지않게 돈을
써도 결코 만족스럽지 않은, 기쁘지 않은 '소비의
늪'에 대한 스트레스도 큰 것 같다. 돈을 쓰면서도
스트레스, 안 쓰거나 못 써도 스트레스. '소비자'로
존재할 때만, 그것도 '소비의 규모'에 따라 급이 나뉘는
'(사람)대우'를 받을 수 있는 사회에 대한 허망함.

이 모든 스트레스를 감당하는 이유가, 일상의
여유와 소소한 행복을 고스란히 반납하는 이유가

'돈'이라면 그 이후는 뭘까. 나는 번 돈으로 뭘 할
거지? 돈을 잔뜩 모아놓으면 정말 행복할까? 이만큼
모았으면 됐다 싶은, 충분한 돈의 기준은? 간디는
'대지는 모든 사람의 필요를 충족시키지만, 단 한
사람의 탐욕은 만족하게 할 수 없다'고 했다.

과연 탐욕에 끝이란 게 있을까. 돈의 목적이 다시
더 많은 돈이 돼버린 건 아닌지. '돈에는 수명이
없다'는 믿음이 보우하사 다음 세대를 위한 '유산'을
남기려고 하는 것인지. 아니, 이런 얘긴 경제력
상위 몇 퍼센트가 아닌 내겐 너무 비현실적이다.
그렇지만 내게도 돈에 대한 현실적인 질문들은
늘 건재하다. 최소한 내가 '생존'하는 데 필요한
돈은 어느 정도일까. 나는 그 정도의 돈을 위해
나의 무엇을, 어디까지 교환, 포기할 것인가.

나는 돈을 경멸하고 외면하기도 했다. 돈에 대한
욕망이 느껴지면 자신을 비난했고, 그 욕망에 솔직한
사람들을 부정적으로 봤다. 돈이라는 것, 그 자체는
옳고 그름으로 판단할 수 있는 게 아닌데도 말이다.

내가 돈에 대해 으레 가진 관념들에 대해서도
돌아봤다. 돈이 내 자신과 주변에 대한 가능성,

상상력을 제약하고 구속하는 부분들은 없는지.
예컨대 '뭐 할 만한 돈이 없다'라는 말은 손쉬운
변명이기도 했다. '돈보다 더 중요한 게 많다'고
하면서 정작 '더 중요한 것'들을 잊고 사는 건 아닌지
뜨끔했다. 정말 원하면 적금을 깨거나 밥값을
줄여서라도 원하는 걸 할 텐데 돈 핑계를 대고 있는 건
아니었을까. 내가 돈보다 중요하다고 느끼는 가치들을
정말로 우선시하고 소중히 여기며 살고 있나.

또한 '돈을 좇는 사람들은 부도덕하다 또는 행복하지
않을 것이다'라는 편견을 갖고 쉽게 사람을 평가하고
있진 않은지. '가난한 사람들이 더 선량하고 인정이
많다'거나 '가난하면 속물이 아니다'와 같은 인식은
어떠한가. 사실 나부터도 '생존의 긴박함 속에서 콩 한
쪽 나눠 먹기'가 가능할지 장담할 수 없는데 말이다.

한정된 자원 속에서 경제적인 '반전'이 가당찮아
보이는 불평등한 사회. 부자의 '파이 더미'는 가난한
자들의 파이 조각으로 채워졌을 확률이 높지만,
부자라고 무조건 악인도 아니고 가난하다고
모두 선한 건 아니다. 아, 지금 이 시스템 속에서
정말 선하고 정의로운 사람은 '부자' 되기가
불가능에 가까울 정도로 어렵긴 하겠다.

간절히 돈을 얻기를 바라는 마음과 막상 돈이 생기면
좋으면서도 불안한 마음. 돈을 신성시하며 돈 위에
아무것도 없는 것처럼 모시거나 돈을 악마화하며
경멸하는 것도 결국 돈에 얽매여 자유롭지 못한 것이다.
돈은 신이 아니고, 그렇다고 악마도 아니다. 돈은 그냥
(도구로서) '거기 있다'. 돈에 총을 쥐여주거나 신성한
옷을 입히는 것은 바로 '나'다. 나는 지금까지
돈을 푸대접하고, 답답한 상황에서 괜히 돈 탓을
한 적도 많다. 하지만 사실 돈은 죄가 없다.

돈이 있으면 있는 대로 돈이 없으면 없는 대로
충만하게 사는 삶은 어떤 모습일까.
돈 앞에 떨지 않는 삶, 돈에 지배당하지 않는 삶.
상투적인 결론이지만, 결국 그 모습은 내가 선택하는
것이다(라고 아직 믿고 있다). 돈을 삶의 도구
삼아 적당히 벌고 잘 쓰면서, 지치지 않고 만족할
것인지. 내 삶이 돈의 도구가 되어 '지랄' 맞게
벌고 쓰면서 '혼미'할 것인지.
물론 괴롭게 벌면서 피 같이 쓰는, 그 '생존'의
막막한 현실도 분명 존재한다. 그래서 돈은
여전히, 만만찮은 짐이고 숙제다.

그렇다 해도 나는 돈에 대한 태도를 이렇게

정리했다. 돈을 위해 '죄를 짓는 것'도, 돈을
통해 '복을 짓는 것'도 나다. 평생 돈과 담쌓고
산다든지 돈을 위해 내 인생 대부분을 희생하는
극단적인 양자선택을 하지 말자. 내가 할 수 있는
만큼 유연하게, 지혜롭게 잘 벌고, 잘 쓰자.

종종 돈은 우리 사회의 염치나 부끄러움의 '망각제'
같다는 생각이 든다. 그래서 돈 많은 사람들이 살기
가장 좋은 곳이 한국이라고 하는 건가. 돈이 면죄부가
되고 흉기가 되는 사회. 그 자체는 무죄이지만, 여전히
'난처한' 돈에 대해 느슨한 긴장감을 유지하면서
나름의 타협점을 찾아가는 것이, 돈 세상에서
내가 돌아버리지 않는 생존법이 될 것 같다.

어떤 기다림

2008년 태국, 우기 중 오랜만에
찾아온 푸르고 바삭바삭한 하늘.

대나무 오두막에서 깊은 잠을 잔 나는 투명한
햇빛과 주변에서 들려오는 새소리에 눈을 떴다.
밀린 빨래를 해서 널고, 내가 묵고 있는 농장의
망고 분류작업을 도울 거다. 오후에는 뒷동산에
산책 다녀와서 바나나를 튀겨 먹어야지.

아무것도 걱정할 게 없고 부족한 것도 없었다. 어느
것에도 쫓기지 않고 저절로 눈 뜬 아침. 알람 소리에
얼굴 찌푸리며 뻐근하게 일어나는 대신 자연스럽고
기쁘게 눈을 떴다. 날짜도 요일도 떠오르지 않았지만,
일요일 같이 평온하고 한가했다. 그 순간 나는
다짐했다. '늘 이런 아침을 맞이할 수 있으면 좋겠다.
아니 적어도, 주말을 기다리는 삶은 살지 말아야지.'

2012년 서울, 그때의 다짐을 떠올리며 나는 허무하게
웃었다. 돈 벌고 사회 생활하면서 지키기는 영
불가능한 다짐이네. 그 당시 나는 주말이나 방학

또는 월급날이나 휴가를 기다리며 사는 수많은 사람
중 한 명이었다. 주말은 또 매번 왜 그렇게 짧게
느껴지는지, 어떻게 그리도 순식간에 지나가는지!
(누군가 "평일은 5일, 주말은 2일이니 실제로
짧아"라고 깔끔하게 말하더라. 얄미운 사람.)

월급날, 휴일을 손꼽아 기다리며 흘러가는
시간 감각에 익숙해진 우리. 오늘을 소모하는
기다림에 무뎌진 것은 아닐까.

치료프로그램을 시작한 후 시골에서 지내면서 다시
다짐했다. 앞으로는 기다리지 않는 삶을 살아야지.

해야 하는 일 대신 내가 정말 하고 싶은 일을 해야지.
그 일을 하는 시간이 단지 다른 무언가를 위해 거쳐
가는 과정이 아니라, 그 과정 역시 목적인 일을 해야지.

그래도 어떤 기다림은 나에게 에너지를 주고 나를
행복하게 만든다. 식당에서 코를 킁킁거리며 맛있는
음식을 기다리는 시간, 사랑하는 이를 기다리는 시간,
극장 안의 어둠 속에서 막이 오르기를 기다리는 시간.

시골에서 한량 같은 백수생활을 하면서도, 나는
여전히 '기다리는 삶'을 살고 있더라. 치료과정이
끝나면 뜨끈뜨끈한 두부, 내 맘대로 만든 (새우와
면의 비율이 거의 비슷한) 스파게티를 먹어야지.
비 오는 날엔 해물파전과 막걸리를 먹어야지.
친구들을 만나면 "이제 괜찮아, 아주 좋아!"
촐랑거리며 환하게 껴안아야지. 하고 싶은 이야기,
듣고 싶은 이야기 실컷 나누고 힘껏 웃어야지.

다시 일을 시작하고 돈을 벌고, 좋아하는 이들에게
떡볶이나 팥빙수를 사주는 날, 낯선 곳을
여행하는 날을 기다리는 지금. 그것이 나를 기쁘게
한다면 그런 기다림도 나쁘지 않을 것 같다.

맛있는 삶

우리의 심장은 뛰었다 멈췄다 한다. 그러니까 우리는
살았다 죽었다 하는 거라고. '살아 있는' 게 아니라
'살아 있는 경향'이 있는 거라고. 어디선가 듣고는 꽤
마땅한 말이라고 생각했다. 때때로 우리는 '사는 게
사는 게 아니야'라고 중얼거린다. 살아 있는 동안은
최대한 자주 살아 있는 경향을 유지하고, 살아 있음을
만끽하며 살고 싶은데, 어떻게 그럴 수 있을까.

우선 살아 있음이 느껴지는 순간을 알아차리는
게 중요한 것 같다. 내가 가장 펄떡펄떡
생생하게 숨 쉬는 순간이 언젠지, 내 눈빛이
어떨 때 가장 빛나는지. 그런 다음 그런 순간을
가능한 한 자주 만들고 길게 유지한다.

써놓고 보니 너무 무책임하고 헛된 말 같다. 그렇다
해도 살아 있음을 느끼는 순간과, 그 순간을 유지하는
방법이 사람마다 다르기 때문에, 각자가 요령을 터득할
수밖에 없다. 나 역시 내 마음과 일상을 끊임없이
살피면서 그 비법을 찾는 중이다. 그래도 지금까지의
내 삶을 헤아려보면, 내가 살아 있음을 느끼는

순간은 자연, 좋은 사람들, 음악과 함께할 때다.

이런 순간이 나에게는 어떤 약보다, 어떤 치료보다
치유 효과가 좋다. 자전거를 타고 가다 이마가
깨져 피를 줄줄 흘리면서도 "노래 부르니까 안
아팠어요" 하고 마당에 들어오던 열 살 꼬마 때와
다름없이. 각자 자기만의 '맛집' '반창고' '다락방'
'황금열쇠'를 찾아 그것들을 최대한 잘 활용하고
누리는 삶. 자연스럽게 하고 싶은, 어렵고 힘들어도
조금 더 해보고 싶은 일을 하면 굳이 드러내려고
하지 않아도 저절로 드러나는 빛이 있다.

누구라도 자기가 좋아하는 일을 할 때의 모습은
참 멋지다. 빛난다. 드러냄과 드러남은 아주 다르다.
그렇게 드러나는 본래의 빛깔이 진국일 거다! 나라서
의미 있는, 나만이 할 수 있는 일을 하고 싶다. 똑같은
일을 하더라도, 같은 직업을 갖더라도 나(만)의 시각,
방식, 리듬과 운율을 갖는 게 훨씬 더 신난다.

어떤 요리사가 되고 싶은지, 어떤 변호사가 되고
싶은지, 어떤 작가가 되고 싶은지, 어떤 식당 주인이
되고 싶은지, 어떤 선생이 될 건지. 그렇게 나만의
일을 할 때, 경쟁의 개념이나 조급함은 힘을 잃는다.

'Not number one But only one(최고는 아니지만
유일한)'이란 말처럼. 나는 그냥 내 일을 하는 거다.
그 결과가 좋으면 얻는 거고 아니라도 그 별로인 결과가
나를 멈추게 할 가능성은 크지 않다. 예상치 못한
상황으로 인해 급히 일을 그만두고 3년 동안 몸과
마음을 바라보며 얻은 이 교훈을, 내가 다시 일을
시작하고 일상을 살아내면서도 잊지 않길 바란다.

요즘 나는 마당 계단을 오르내리며 분꽃에 매일
코를 갖다 댄다. 이른 아침 분꽃의 향은 은은하지만,
밤이 되면 깊고 걸쭉하다. 분꽃은 나처럼 억지로,
힘들게 애쓰지 않고 자신의 때에 맞춰 주변 공기를
조금씩, 조금씩 물들이고 있는 것처럼 보였다.
고요히 쉴 때 뿜어져 나오는, 자연스럽게 공기를
물들이는 그 향기가 자신의 존재, 그 자체라고
내게 조곤조곤 일러주는 듯하다. 조급함을
내려놓고 나만의 일에 몰입하며 살고 싶다. 한
걸음씩 반걸음씩 가다 보면 언젠가 분꽃 향기처럼
내 빛깔이 은은히 드러날 때가 오겠지. 그렇게
내가 '살아 있음'을 느끼는 순간들이 늘어가겠지
생각한다. 밥벌이를 하는 고단한 일상 속에서도,
'해야 하니까 어쩔 수 없이 하는' 일을 할 때도 내가
살아 있음에 대한 끈을 놓지 않았으면 좋겠다.

한순간을, 하루를, 그렇게 일상과 일생을 특별하게
또는 시시하게 만나고 채우는 건 나 자신이니까.

어딘가에 소속되더라도, 그 조직이나 집단이 어디로
가는지, 왜 가는지, 그 안에서 나는 어디로 가는지
방향을 조율해가면 그나마 나를 덜 잃지 않을까.
"남들이, 회사가 뭐라 하든 우리는 우리의
'가시'를 부러뜨리지 말자"고 말하던 멋진
친구 수정이. 각자의 '가시' '비늘', 또는
'깃털'을 촉촉하게 유지하며 살고 싶다.

"새로운 공간에 들어서면 우리의 감수성은 수많은
요소를 향하게 되지만, 그런 요소들의 숫자는 그
공간에서 우리가 찾는 기능에 맞추어 점차 줄어든다"는
알랭 드 보통(『여행의 기술』)의 말처럼 경제성,
효율성에 익숙해진 일상 속에서도 살아 있음을
더 자주 느끼려면 어떻게 해야 할까.
어떤 공간, 사람, 조건을 만날 때 다 안다고 단정 짓지
말고 그냥 주변을 '관찰'하고 '탐험'해보면 어떨까?
새로운 곳에 갓 도착한 여행자처럼.
나도 잘 안 되지만, 가끔 작정하고 주변을 새롭게
발견해보려 한다. 왕십리 뒷골목에서, 용산역에서,
충장로에서, 자갈치시장에서, 동성로에서. 이미 '다

알고 있다' 또는 '이젠 질렸다'고 생각하는 곳 어디서든.
때로는 가까이, 혹은 멀리서 낯설게 바라보기.

서툴고 어색한 일을 과감하게 저질러보는 것, 때때로
익숙하고 당연한 것에서 벗어나보는 것도 흥미롭다.
늘 가던 길과 다른 길로 가보거나 걸음 속도를
바꿔보거나, 안 쓰던 비속어를 속삭여보는 것이다.
머리스타일을 바꿔보고 몸치라고 생각해도 춤을
배워보는 것처럼 뭐든 낯선 걸 해보자. 그리고 내 몸과
마음 상태도 잊지 말아야지. 목이나 어깨가 뭉쳐 있진
않은지 내 간이 피로하진 않은지 잠시 살펴보는 것.

정말로 중요한 게 뭔지, 미뤄도 되는 일은 뭐고,
결코 미뤄선 안 되는 일은 뭔지 떠올려보는
것. 가끔 호구여도 된다, 자주 부럽거나 져도
된다, 나를 풀어놓는 것. 때론 좀 뻔뻔하게, "뭐
어때!" 소리치며 그 파워를 느껴보는 것.

뭐든 이런 사소한 시도들이 도움이 되더라.
작은 것이라도 남들의 시선이나 관성 혹은
두려움이 선택하도록 내버려두는 것이 아니라
내가 직접 살펴보고 선택하는 것. 나를 둘러싼
어떤 조건, 메마른 사회 속에서라도 내 열정, 내

심장박동, 때론 어수룩한 호기심이 내 일상을
매만지도록 풀어두고 지켜보는 것이다.

매 순간은 처음이고, 오직 지금뿐이니.

모든 이야기의 마무리는 이거다. "너나 잘해"
그래, 나나 잘해야지. 진짜 나나 잘하고 싶다.
두리번거리지 말고, 맴맴 거리지 말고 내가 숨
쉬는 이곳에서, 내 삶을 맛있게 살아가야지.

다시는 돌아오지 않을 이 순간, 어디로 가버리는지
알 수 없는 바로 지금이 찬란하고 우울하다.
영원하지 않기 때문에 이 순간은, 이토록 아름답고
슬프다. 이 아름다움을 온전히 느끼면서 이
슬픔을 진하게 경험하면서, 살아 있는 경향이
유지되는 삶. 살아 있음의 기운이 퐁퐁 솟아나는,
그 기운을 호흡하고 누리는 삶을 살고 싶다.

사는 게 정말로 살맛 나는, 맛있는 삶!

Epilogue

종양 진단을 받고 2년 반쯤 지난 초여름, 작은 섬에서
맞이했던 투명한 새벽. 나의 몸 깊은 곳으로부터 어떤
생각 하나가 또렷하게 떠올랐다.
내가 도달한 이곳,
지금의 내 모습은 어쩌면 종양 덕분이지 않을까.

종양 덕분에 내 인생이 변했다. 귀한 휴식을 얻었고
몸을 바라보는 시선이 생겼으며, 몸의 신호를 살피는
마음 씀을 배웠다. 새로운 습관과 관계가 형성되고 내
자신이 좀 더 단단해졌으며 부드러워졌다.

종양이 내 인생의 선물이라는 생각이 든 순간, 몸 구석구석
회오리 같은 뜨거움과 후련함이 동시에 느껴졌다.

아프고 서러운 내가 아닌, 온전히 빛나는 내 자신이 느껴졌다.

지난 3년의 시간 동안

내 몸에 찾아온 선물 덕분에 많이 울고 웃었으며 적잖이

변하고 숙성되었다. 하지만 어쩌면 나는 그대로다.

자연치료를 한다고 들어간 산골에서 생라면을 부셔

먹고, 삼겹살과 치킨의 유혹에 흔들리며

가끔 과자 한 뭉텅이를 사서 꿍쳐놓기도 한다.

아직도 안달복달 남의 눈치를 보고 애정을 달라며 유치하게

행동한다. 뱃심 모아 겨우 고백했더니 차였고, 가족들한텐

여전히 까칠하며, 뒷목과 어깨는 쉽게 뭉치고, 지금도 과한

감정을 어쩔 줄 몰라 도망가고 싶은 마음이 너울거린다.

그래도 이제 이런 내가 좀 보인다.

뾰족하게 날을 세우는 대신 헐렁하게 힘 빼고

강아지풀처럼 이완하는 연습을 하는 중이다.

늘어난 고무줄처럼 느슨하게 나를 놓아본다.

뒷목, 어깨, 오금, 엄지발가락, 눈동자에 힘이 들어가 굳어진

순간을 알아차릴 때는 마음의 '스위치'를 내리는

상상을 한다. 마음이 보들보들 풀어지는 상상을 한다.

내가 무엇을 생각하는지보다 어떻게 느끼고

있는지 느긋하게 살피고 표현하려고 한다.

무엇보다 좀 더 가볍고 편안하고 능글맞아졌다.

나는 지금의 내가 꽤 마음에 든다.